跨越时空的魅力

——中英文名篇赏析

（第三册）

主　编：林　峻

副主编：孙　盛　缪茜惠

编　委：（按姓氏笔画排序）

沈　洁　沈　舒

陈树琴　蒋华芳

苏州大学出版社

图书在版编目(CIP)数据

跨越时空的魅力：中英文名篇赏析. 第三册 / 林峻主编. —苏州：苏州大学出版社，2017.2
ISBN 978-7-5672-2056-0

Ⅰ. ①跨… Ⅱ. ①林… Ⅲ. ①文学欣赏—世界 Ⅳ. ①I106

中国版本图书馆 CIP 数据核字(2017)第 025729 号

跨越时空的魅力
——中英文名篇赏析
（第三册）
林　峻　主编
责任编辑　沈　琴

苏州大学出版社出版发行
（地址：苏州市十梓街 1 号　邮编：215006）
宜兴市盛世文化印刷有限公司印装
（地址：宜兴市万石镇南漕河滨路 58 号　邮编：214217）

开本 787mm×1 092mm　1/16　印张 11　字数 247 千
2017 年 2 月第 1 版　2017 年 2 月第 1 次印刷
ISBN 978-7-5672-2056-0　定价：23.00 元

苏州大学版图书若有印装错误，本社负责调换
苏州大学出版社营销部　电话：0512-65225020
苏州大学出版社网址　http://www.sudapress.com

前言

读书有助于加深对文章的理解，读书可以提高写作能力，读书是人生成功的重要因素。

"一年之计在于春，一日之计在于晨。"从古时候起，人们就意识到早晨用功读书对于一天学习的重要性。可如今，早晨的校园没有了琅琅的读书声，让人觉得校园里缺少了点生机，缺少了些氛围。朝阳初升，空气清新，正是培养语感的最佳时机，学生们如果能充分利用早晨的时间多多读书，是大有裨益的。

晨读能训练学生的朗读技巧，提高学生读和表达的能力。一些学生的普通话不太标准，口语表达水平较差，原因在于他们平时很少用普通话交流。而充分利用早读放声朗读的机会，既能提高学生的普通话水平，又能增强学生的口语表达能力。

"书读百遍，其义自见。"晨读能调整学生的学习状态，使其积累更多的知识。花季阶段的学生正处于记忆力较好、能储存大量知识的阶段，专心致志地朗读，置身于优美的文章意境中，能使学生感同身受，感悟人生，产生共鸣。放声朗读后，心境宽阔了，心情舒畅了，情绪激昂了，精神抖擞了，一天的有效学习也就有了保障。

长期以来，技工类学校低年级学生虽然有语文和英语教材，但适宜朗读的篇目较少；而高年级学生已没有语文和英语课程，更缺少统一的读本。在这种情况下，为了填补校本教材的空白，也为了让同学们有更丰富的晨读内容，学校学工处、团委及基础部相关老师在分管领导林峻副院长的带领下，结合自身的教学经验和同学们的阅读水平，将老师们平时收集的一些零散的适合晨读的中英文美文整理成册，供同学们晨读使用。

"腹有诗书气自华。"同学们，赶快行动起来吧！让我们沐浴晨光，把握好每一个早晨，让琅琅书声充满校园，滋润我们求知的心田！

目　录
CONTENTS

☞ 中文名篇赏析

英文名篇赏析

中文名篇赏析

崇德向善

一 弟子规·亲仁

［清］李毓秀

【导言】

《亲仁》是《弟子规》的第六篇。“亲仁”是指亲近有仁德的人。

同是人　类不齐　流俗众　仁者希
果仁者　人多畏　言不讳　色不媚
能亲仁　无限好　德日进　过日少
不亲仁　无限害　小人进　百事坏

（选自张为才《弟子规》，青岛出版社2008年版）

【译文】

同样是人，善恶、邪正不同，心智亦有高低。受社会潮流风气影响的人多，仁慈博爱的人少。如果有一位仁德的人出现，大家自然敬畏他，因为他说话公正无私，没有隐瞒，又不讨好他人。

能够亲近有仁德的人，向他学习，真是再好不过了，因为他会使我们的德行一天比一天进步，过错也跟着减少。如果不肯亲近仁人君子，就会有无穷的祸害，因为不肖的小人会乘虚而入，跑来亲近我们，日积月累，我们的言行举止都会受影响，导致整个人生的失败。（近朱者赤，近墨者黑。）

【思考】

“言不讳，色不媚”是什么意思？

二 弟子规·余力学文

[清] 李毓秀

【导言】

《余力学文》是《弟子规》的第七篇。“余力学文”是指有多余的时间、精力,就应该好好地学习典籍,以获得有益的学问。

不力行　但学文　长浮华　成何人
但力行　不学文　任己见　昧理真
读书法　有三到　心眼口　信皆要
方读此　勿慕彼　此未终　彼勿起
宽为限　紧用功　工夫到　滞塞通
心有疑　随札记　就人问　求确义
房室清　墙壁净　几案洁　笔砚正
墨磨偏　心不端　字不敬　心先病
列典籍　有定处　读看毕　还原处
虽有急　卷束齐　有缺坏　就补之
非圣书　屏勿视　敝聪明　坏心志
勿自暴　勿自弃　圣与贤　可驯致

(选自张为才《弟子规》,青岛出版社2008年版)

【译文】

不能身体力行孝、悌、谨、信、泛爱众、亲仁这些本分,一味死读书,纵然有些知识,也只是增长自己浮华不实的习气,变成一个不切实际的人,如此读书又有何用?反之,如果只是一味地做,不肯读书学习,就容易依着自己的偏见做事,蒙蔽了真理,也是不对的。

读书的方法要注重三到,眼到、口到、心到。三者缺一不可,这样才能收到事半功倍的效果。研究学问,要专一,专精才能深入,不能这本书才开始读没多久,又欣羡其他的书,想看其他的书,这样永远也定不下心。必须把这本书读完,才能读另外一本。

在制订读书计划的时候,不妨宽松一些,实际执行时,就要加紧用功,严格执行,不可以懈怠偷懒。日积月累,功夫深了,原先窒碍不通、困顿疑惑之处自然而然都迎刃而解了。

求学当中,心里有疑问,应随时笔记,一有机会,就向良师益友请教,务必明白确实的意思。

书房要整理清洁,墙壁要保持干净,读书时,书桌上笔墨纸砚等文具要放置整齐,不得凌乱,触目所及皆是井井有条,才能静下心来读书。写字前先要磨墨,如果心不在焉,墨就会磨偏了。写出来的字如果歪歪斜斜,就表示你浮躁不安,心定不下来。

书籍应分类,排列整齐,放在固定的位置,读诵完毕须归还原处。

虽有急事,也要把书本收好再离开。书本是智慧的结晶,有缺损就要修补,保持完整。(古人一书难求,故有修补之举。)

不是传述圣贤言行的著作,以及有害身心健康的不良书刊,都应该摒弃不看,以免身心受到污染,智慧遭受蒙蔽,心志变得不健康。遇到困难或挫折的时候,不要自暴自弃,也不必愤世嫉俗,看什么都不顺眼,应该发愤向上,努力学习。圣贤境界虽高,循序渐进,也是可以达到的。

【思考】

文中教导我们要"余力学文",那么你觉得要读哪些书?描述你最喜爱的一本书。

三　三字经(节选)

[宋] 王应麟

【导言】

《三字经》是中华民族珍贵的文化遗产,它短小精悍、朗朗上口,千百年来,家喻户晓。其内容涵盖了历史、天文、地理、道德以及一些民间传说,所谓"熟读《三字经》,可知千古事"。基于历史原因,《三字经》难免含有一些精神糟粕、艺术瑕疵,但其独特的思想价值和文化魅力仍然为世人所公认,被历代中国人奉为经典并不断流传。

古今史,全在兹。载治乱,知兴衰。
史虽繁,读有次。史记一,汉书二。
后汉三,国志四。兼证经,参通鉴。
读史者,考实录。通古今,若亲目。

口而诵，心而惟。朝于斯，夕于斯。
昔仲尼，师项橐。古圣贤，尚勤学。
赵中令，读鲁论。彼既仕，学且勤。
披蒲编，削竹简。彼无书，且知勉。
头悬梁，锥刺股。彼不教，自勤苦。
如囊萤，如映雪。家虽贫，学不辍。
如负薪，如挂角。身虽劳，犹苦卓。
苏老泉，二十七。始发愤，读书籍。
彼既老，犹悔迟。尔小生，宜早思。
若梁灏，八十二。对大廷，魁多士。
彼既成，众称异。尔小生，宜立志。
莹八岁，能咏诗。泌七岁，能赋棋。
彼颖悟，人称奇。尔幼学，当效之。
蔡文姬，能辨琴。谢道韫，能咏吟。
彼女子，且聪敏。尔男子，当自警。
唐刘晏，方七岁。举神童，作正字。
晏虽幼，身已仕。有为者，亦若是。
犬守夜，鸡司晨。苟不学，曷为人。
蚕吐丝，蜂酿蜜。人不学，不如物。
幼而学，壮而行。上致君，下泽民。
扬名声，显父母。光于前，裕于后。
人遗子，金满赢。我教子，唯一经。
勤有功，戏无益。戒之哉，宜勉力。

(选自焦金鹏《三字经》，二十一世纪出版社 2015 年版)

【译文】

以上所叙述的是从三皇五帝到建立民国的古今历史，通过对历史的学习，可以了解各朝各代的治乱兴衰，领悟到许多有益的东西。

中国的历史书虽然纷繁、复杂，但在读的时候应该有次序：先读《史记》，然后读《汉书》，第三读《后汉书》，第四读《三国志》。读的同时，还要参照经书，参考《资治通鉴》，这样就可以更好地了解历史的治乱兴衰了。读历史的人应该更进一步地去翻阅历史资料，了解古往今来事情的前因后果，就好像是自己亲眼所见一样。

读书学习，要有恒心，要一边读，一边用心去思考。只有早早晚晚都把心思用到学习上，才能真正学好。

从前，孔子是个十分好学的人，当时鲁国有一位神童名叫项橐，孔子就曾向他学习。像孔子这样的圣贤，尚不忘勤学。宋朝时赵中令——赵普，他官已经做到了中书令了，天天还手不释卷地阅读《论语》，不因为自己已经当了高官，而忘记勤奋学习。西汉时路温舒把文字抄在蒲草上阅读。公孙弘将《春秋》刻在竹子削成的竹片上。两人都很穷，买不起书，但还不忘勤奋学习。东汉的孙敬读书时把自己的头发拴在屋梁上，以免打瞌睡，战国时苏秦读书每到疲倦时就用锥子刺大腿。他们不用别人督促而自觉勤奋苦读。晋朝人车胤，把萤火虫放在纱袋里照明读书，孙康则利用积雪的反光来读书。他们两人家境贫苦，却能在艰苦条件下继续求学。汉朝的朱买臣，以砍柴维持生活，每天边担柴边读书，隋朝李密放牛，把书挂在牛角上，有时间就读。他们在艰苦的环境里仍坚持读书。

唐宋八大家之一的苏洵，号老泉，小时候不想念书，到了二十七岁的时候，才开始下决心努力学习，后来成了大学问家。像苏老泉上了年纪，才后悔当初没好好读书，而我们年纪轻轻，更应该把握大好时光，发奋读书，才不至于将来后悔。宋朝有个梁灏，在八十二岁时才考中状元，在金殿上对皇帝提出的问题对答如流，所有参加考试的人都不如他。梁灏这么大年纪，尚能获得成功，不能不使大家感到惊异，钦佩他的好学不倦。而我们应该趁着年轻的时候，立定志向，努力用功就一定前途无量。

北齐有个叫祖莹的人，八岁就能吟诗，后来当了秘书监著作郎。另外，唐朝有个叫李泌的人，七岁时就能以下棋为题而做出诗赋。他们两个人的聪明和才智，在当时很受人们的赞赏和称奇，我们正值求学的开始，应该效法他们，努力用功读书。

在古代有许多出色的女能人，像东汉末年的蔡文姬能分辨琴声好坏，晋朝的才女谢道韫则能出口成诗。像这样的两个女孩子，一个懂音乐，一个会作诗，天资如此聪慧；身为一个男子汉，更要时时警惕，充实自己才对。

唐玄宗时，有一个名叫刘晏的小孩子，只有七岁，就被推举为神童，并且做了负责刊正文字的官。刘晏虽然年纪这么小，却已经做官，担当国家给他的重任。要想成为一个有用的人，只要勤奋好学，也可以和刘晏一样名扬后世。

狗在夜间会替人看守家门，鸡在每天早晨天亮时报晓。人如果不能用心学习，迷迷糊糊过日子，有什么资格称为人呢？蚕吐丝以供做衣料，蜜蜂可以酿制蜂蜜供人们食用。而人要是不懂得学习，以自己的知识、技能来实现自己的价值，真不如小动物。要在幼年时努力学习不断充实自己，长大后能够学以致用，上替国家效力，下为人民谋福利。

如果为人民做出应有的贡献，就会得到赞扬，自己的父母也可以得到荣耀，给祖先增添了光彩，也给下代留下了好的榜样。有的人遗留给子孙后代的是金银钱财，但应该教孩子精于读书学习，长大后做个有所作为的人。

反复讲了许多道理，只是告诉孩子们，凡是勤奋上进的人，都会有好的收获。而只顾贪玩，浪费了大好时光是一定要后悔的。

【思考】

我们如何做才能把学习搞好？

四　渔父

[战国] 屈原

【导言】

屈原(约前339—约前278),战国时期楚国人。名平,字原。楚怀王时任左徒、三闾大夫。对内主张举贤授能,修明政治,对外主张联齐抗秦。被谗,遭放逐。楚襄王时再遭谗毁,迁于江南多年,后见楚国政治腐败,无力挽救,怀着深沉的忧愤,自沉于汨罗江。传说屈原于农历五月初五投江自尽,中国民间农历五月初五端午节包粽子、赛龙舟的习俗就源于人们对屈原的纪念。1953年,屈原还被列为世界"四大文化名人"之一,受到世界和平理事会和全世界人民的隆重纪念。屈原一生创作了许多不朽作品。楚辞中的《离骚》《九章》《九歌》《天问》是他最主要的代表作。

《渔父》出自《楚辞》,东汉文学家王逸认为:"《渔父》者,屈原之所作也。"是屈原在被流放后,政治上被迫害,处在困恶之境下创作出来的作品。茅盾《楚辞与中国神话》和郭沫若《屈原研究》认为《渔父》非屈原作品,而是屈原的学生宋玉或战国时期楚国的人而作。也有人力主《渔父》《卜居》为屈原之作,如朱熹、洪兴祖、王夫之等。全文中的人物有两个——屈原和渔父,采用对比的手法,主要通过问答体,表现了两种对立的人生态度和截然不同的思想性格。

屈原既放[1],游于江潭,披发行吟泽畔;颜色憔悴,形容枯槁。渔父见而问之曰:"子非三闾大夫欤[2]?何故至于斯?"

屈原曰:"举世皆浊我独清,众人皆醉我独醒,是以见放。"

渔父曰:"圣人不凝滞于物,而能与世推移。世人皆浊,何不掘其泥而扬其波[3]?众人皆醉,何不铺其糟而啜其醨[4]?何故深思高举,自令放为?"

屈原曰:"吾闻之,新沐者必弹冠,新浴者必振衣,安能以身之察察[5],受物之汶汶者乎[6]?宁赴湘流,葬于江鱼之腹中。安能以皓皓之白,而蒙世俗之尘埃乎?"

渔父莞尔而笑,鼓枻而去[7]。歌曰:"沧浪之水清兮,可以濯吾缨[8];沧浪之水浊兮,可以濯吾足。”遂去，不复与言。

（选自梅桐生《楚辞全译》，贵州人民出版社2008年版）

【注释】

[1] 放：被流放。
[2] 三闾大夫：楚国官名，此指屈原。
[3] 掘：弄浑浊。
[4] 馆：吃。啜：喝。醨（lí）：酒。
[5] 察察：洁白。
[6] 汶汶：污浊。
[7] 枻（xiè）：木船舷板。
[8] 濯：洗涤。

【译文】

屈原遭到了放逐，在沅江边上游荡。他沿着江边走边唱，面容憔悴，模样枯瘦。渔父见了向他问道：“您不是三闾大夫吗，为什么落到这步田地？”

屈原说：“天下都浑浊不堪，只有我清澈透明（不同流合污）；世人都迷醉了，唯独我清醒，因此被放逐。”

渔父说：“圣人不死板地对待事物，而能随着世道一起变化。世上的人都肮脏，何不搅浑泥水扬起浊波？大家都迷醉了，何不既吃酒糟又大喝其酒？为什么想得过深又自命清高，以致让自己落了个放逐的下场？”

屈原说：“我听说：刚洗过头一定要弹弹帽子；刚洗过澡一定要抖抖衣服。怎能让清白的身体去接触世俗尘埃的污染呢？我宁愿跳到湘江里，葬身在江鱼腹中。怎么能让晶莹剔透的纯洁蒙上世俗的尘埃呢？”

渔父听了，微微一笑，摇起船桨动身离去。唱道：“沧浪之水清又清啊，可以用来洗我的帽缨；沧浪之水浊又浊啊，可以用来洗我的脚。”便远去了，不再同屈原说话。

【赏析】

《渔父》是一篇可读性很强的优美的散文。开头写屈原，结尾写渔父，都着墨不多而十分传神；中间采用对话体，多用比喻、反问，生动、形象而又富于哲理性。其写作背景，按司马迁本传和东汉文学家王逸的说法，大约是在楚顷襄王执政时期，屈原遭到流放，政治上遭到重大打击，个人和楚国面临厄运之时，诗人心情忧愤苦闷，来到汨罗江畔，边行边吟而成。

【思考】

1. 第一段通过屈原的动作和外貌描写,活画出怎样的人物形象?

2. 本文采用寓言对话体的形式,主要通过屈原和渔父的问答,分别表现了怎样的人生态度和截然不同的思想性格?

笃行致远

五　逍遥游(节选)

［战国］庄子

【导言】

庄子,姓庄,名周,字子休(亦说子沐),宋国蒙人,先祖是宋国君主宋戴公。他是东周战国中期著名的思想家、哲学家和文学家,创立了华夏重要的哲学学派庄学,是继老子之后,战国时期道家学派的代表人物,也是道家学派的主要代表人物之一。

《庄子》的想象力极为丰富,语言运用自如,灵活多变,能把一些微妙难言的哲理说得引人入胜。他的作品被人称为"文学的哲学,哲学的文学"。据传,庄子曾隐居南华山,故唐玄宗天宝初,诏封其为南华真人,称其著书《庄子》为《南华真经》。《庄子》共33篇,其中内篇7篇,外篇15篇,杂篇11篇。

北冥有鱼[1],其名曰鲲[2]。鲲之大,不知其几千里也;化而为鸟,其名为鹏[3]。鹏之背,不知其几千里也;怒而飞[4],其翼若垂天之云[5]。是鸟也,海运则将徙于南冥[6]。南冥者,天池也[7]。《齐谐》者[8],志怪者也[9]。《谐》之言曰:"鹏之徙于南冥也,水击三千里[10],抟扶摇而上者九万里[11],去以六月息者也[12]。"野马也[13],尘埃也[14],生物之以息相吹也[15]。天之苍苍,其正色邪?其远而无所至极邪[16]?其视下也,亦若是则已矣。且夫水之积也不厚,则其负大舟也无力。覆杯水于坳堂之上[17],则芥为之舟[18];置杯焉则胶,水浅而舟大也。风之积也不厚,则其负大翼也无力,故九万里则风斯在下矣[19],而后乃今培风[20];背负青天而莫之夭阏者[21],而后乃今将图南。蜩与学鸠笑之曰[22]:"我决起而飞[23],抢榆枋而止[24],时则不至,而控于地而已矣[25];奚以之九万里而南为[26]?"适莽苍者[27],三餐而反[28],腹犹果然[29];适百里者,宿舂粮[30];适千里者,三月聚粮。之二虫又何知[31]? 小知不及大知[32],小年不及大年。奚以知其然也? 朝菌不知晦朔[33],蟪蛄不知春秋[34],此小年也。楚之南有冥灵者[35],以五百岁为春,五百岁为秋;上古有大椿者[36],以八千岁为春,八千岁为秋[37],此大年也。而彭祖乃今以久特闻[38],众人匹之[39],不亦悲乎!

(选自释德清《庄子内篇注》,华东师范大学出版社2009年版)

【注释】

[1] 冥: 亦作溟,海之意。"北冥",就是北方的大海。下文的"南冥"仿此。传说北海无边无际,水深而黑。

[2] 鲲(kūn): 本指鱼卵,这里借指大鱼之名。

[3] 鹏: 本为古"凤"字,这里用指大鸟之名。

[4] 怒: 奋起。

[5] 垂: 同"陲",边际。一说遮,遮天。

[6] 海运: 海水运动,这里指汹涌的海涛;一说指鹏鸟在海面飞行。徙: 迁移。

[7] 天池: 天然的大池。

[8] 齐谐: 古书名。一说人名。

[9] 志: 记载。

[10] 击: 拍打,这里指鹏鸟奋飞而起,双翼拍打水面。

[11] 抟(tuán): 环绕而上。一说"抟"当作"搏"(bó),拍击的意思。扶摇: 又名飙,由地面急剧盘旋而上的暴风。

[12] 去: 离,这里指离开北海。息: 停歇。

[13] 野马: 春天林泽中的雾气。雾气浮动状如奔马,故名"野马"。

[14] 尘埃: 扬在空中的土叫"尘",细碎的尘粒叫"埃"。

[15] 生物: 概指各种有生命的东西。息: 这里指有生命的东西呼吸所产生的气息。

[16] 极: 尽。

[17] 覆: 倾倒。坳(ào): 坑凹处。"坳堂"指厅堂地面上的坑凹处。

[18] 芥: 小草。

[19] 斯: 则,就。

[20] 而后乃今: 意思是这之后方才;以下同此解。培: 通作"凭",凭借。

[21] 莫: 这里作没有什么力量讲。夭阏(è): 又写作"夭遏",意思是遏阻、阻拦。"莫之夭阏"即"莫夭阏之"的倒装。

[22] 蜩(tiáo): 蝉。学鸠: 一种小灰雀,这里泛指小鸟。

[23] 决(xuè): 通作"翅",迅疾的样子。

[24] 抢(qiāng): 突过。榆枋: 两种树名。

[25] 控: 投下,落下来。

[26] 奚以: 何以。之: 去到。为: 句末疑问语气词。

[27] 适: 往,去到。莽苍: 指迷茫看不真切的郊野。

［28］反：通“返”，返回。

［29］犹：还。果然：饱的样子。

［30］宿：这里指一夜。

［31］之：这。二虫：指上述的蜩与学鸠。

［32］知(zhì)：通“智”，智慧。

［33］朝：清晨。晦朔：一个月的最后一天和最初天。一说“晦”指黑夜，“朔”指清晨。

［34］蟪蛄(huìgū)：即寒蝉，春生夏死或夏生秋死。

［35］冥灵：传说中的大龟，一说树名。

［36］大椿：传说中的古树名。

［37］根据前后用语结构的特点，此句之下当有“此大年也”一句，但传统本子均无此句。

［38］彭祖：古代传说中年寿最长的人。乃今：而今。以：凭。特：独。闻：闻名于世。

［39］匹：配，比。

【译文】

北方的大海里有一条鱼，它的名字叫作鲲。鲲的体积，真不知道大到几千里；变化成为鸟，它的名字就叫鹏。鹏的脊背，真不知道长到几千里；当它奋起而飞的时候，那展开的双翅就像天边的云。这只鹏鸟呀，随着海上汹涌的波涛迁徙到南方的大海。南方的大海是个天然的大池。《齐谐》是一部专门记载怪异事情的书，这本书上记载说：“鹏鸟迁徙到南方的大海，翅膀拍击水面激起三千里的波涛，海面上急骤的狂风盘旋而上直冲九万里高空，离开北方的大海用了六个月的时间方才停歇下来。”春日林泽原野上蒸腾浮动着犹如奔马的雾气，低空里沸沸扬扬的尘埃，都是大自然里各种生物的气息吹拂所致。天空是那么湛蓝湛蓝的，难道这就是它真正的颜色吗？抑或是高旷辽远没法看到它的尽头呢？鹏鸟在高空往下看，不过也就像这个样子罢了。再说水汇积不深，它浮载大船就没有力量。倒杯水在厅堂的低洼处，那么小小的芥草也可以给它当作船；而搁置杯子就粘住不动了，因为水太浅而船太大了。风聚积的力量不雄厚，它托负巨大的翅膀便力量不够。所以，鹏鸟高飞九万里，狂风就在它的身下，然后方才凭借风力飞行，背负青天而没有什么力量能够阻遏它了，然后才像现在这样飞到南方去。寒蝉与小灰雀讥笑它说：“我从地面急速起飞，碰着榆树和檀树的树枝，常常飞不到而落在地上，为什么要到九万里的高空而向南飞呢？”到迷茫的郊野去，带上三餐就可以往返，肚子还是饱饱的；到百里之外去，要用一整夜时间准备干粮；到千里之外去，三个月以前就要准备粮食。寒蝉和灰雀这两个小东西懂得什么！小聪明赶不上大智慧，寿命短比不上寿命长。怎么知道是这样的呢？清晨的菌类不会懂得什么是晦朔，寒蝉也不会懂得什么是春秋，这就是短寿。楚国南边有叫冥灵的大龟，它把五百年当作春，把五百年当作秋；上古有叫大椿的古树，它把八千年当作春，把八千年当作秋，这就是长寿。可是彭祖到如今还是以年寿长久而闻名于世，人们与他攀比，岂不可悲可叹吗？

【赏析】

本篇是《庄子》的代表篇目之一,充满奇特的想象和浪漫的色彩,寓说理于寓言和生动的比喻中,形成独特的风格。"逍遥游"也是庄子哲学思想的一个重要方面。全篇一再阐述无所依凭的主张,追求精神世界的绝对自由。在庄子的眼里,客观现实中的一事一物,包括人类本身都是对立而又相互依存的,这就没有绝对的自由,要想无所依凭就得无己。因而他希望一切顺乎自然,超脱于现实,否定人在社会生活中的一切作用,把人类的生活与万物的生存混为一体;提倡不滞于物,追求无条件的精神自由。

【思考】

1. 如何理解作者塑造的大鹏形象?
2. 作者所谓的"逍遥游"指的是什么呢?你是如何看的呢?

六　中国决不会沦亡(节选)

孙中山

【导言】

孙中山(1866—1925),名文,字载之,号日新,又号逸仙。他是中国近代民族民主主义革命的开拓者,中国民主革命的伟大先行者,中华民国和中国国民党的缔造者,三民主义的倡导者,创立"五权宪法"。他高举反帝反封建的旗帜,"起共和而终两千年封建帝制",1905年(光绪三十一年)成立中国同盟会。1911年(宣统三年)10月10日新军中的革命党人暗中联络,决定当天晚上起义。辛亥革命后被推举为中华民国临时大总统(任期1912年1月1日—1912年4月1日)。1925年3月12日在北京逝世。1929年6月1日,根据其生前遗愿,葬于南京紫金山中山陵。1940年,国民政府通令全国,尊称其为"中华民国国父"。

孙中山著有《建国方略》《建国大纲》《三民主义》等。其著述在其逝世后多次被结集出版,有中华书局1986年出版的十一卷本《孙中山全集》,台北1969、1973、1985年出版的《国父全集》等。

兄弟此次东来，蒙诸君如此热心欢迎，兄弟实感佩莫名。窃恐无以符诸君欢迎之盛意，然不得不献兄弟见闻所及，与诸君商定救国之方针，当亦诸君所乐闻者。兄弟由西至东，中间至美国圣路易斯观博览会，此会为新球开辟以来的一大会。后又由美至英、至德、至法，乃至日本。离东二年，论时不久，见东方一切事皆大变局，兄弟料不到如此，又料不到今日与诸君相会于此。近来我中国人的思想议论，都是大声疾呼，怕中国沦为非、澳。前两年还没有这等的风潮。从此看来，我们中国不是亡国了。这都由我国民文明的进步日进一日，民族的思想日长一日，所以有这样的影响。从此看来，我们中国一定没有沦亡的道理。

我们试与诸君就各国与中国比较而言之：

日本不过我中国四川一省之大，至今一跃而为头等强国；美国土地虽有清国版图之大，而人口不过八千万，于今美人极强，即欧人亦畏之；英国不过区区海上三岛，其余都是星散的属地；德、法、意诸国虽称强于欧西，土地人口均不如我中国；俄现被挫于日本，土地虽大于我，人口终不如我。

则是中国土地人口，世界莫及。我们生在中国，实为幸福。各国贤豪皆羡慕此英雄用武之地，而不可得。我们生在中国，正是英雄用武之时。反都是沉沉默默，让异族儿据我上游，而不知利用此一片好山河，鼓吹民族主义，建一头等民主大共和国，以执全球的牛耳，实为可叹！

所以西人知中国不能利用此土地也，于是占旅顺、占大连、占九龙等处，谓中国人怕他。殊不知我们自己能立志恢复，他还是要怕我的。即现在中国与美国禁约的风潮起，不独美国人心惶恐，欧西各国亦莫不震惊。此不过我国民小举动耳，各国则震动若是，倘有什么大举动，则各国还了得吗？

所以现在中国要由我们四万万国民兴起。今天我们是最先兴起一日，从今后要用尽我们的力量，提起这件改革的事情来。我们放下精神说要中国兴，中国断断乎没有不兴的道理。

所以我们决不能说我们同胞不能共和，如说不能，是不知世界的进步，是不知世界的真文明，不知享这共和幸福的蠢动物了。

若使我们中国人人已能知此，大家已担承这个责任起来，我们这一份人还稍可以安乐。若今日之中国，我们是万不能安乐的，是一定要劳苦代我四万万同胞求这共和幸福的。

若创造这立宪共和二等的政体，不是在别的缘故上分判，总在志士的经营。百姓无所知，要在志士的提倡；志士的思想高，则百姓的程度高。所以我们为志士的，总要择地球上最文明的政治法律来救我们中国，最优等的人格来待我们四万万同胞。

若单说立宪,此时全国的大权都落在人家手里,我们要立宪,也是要从人家手里夺来。与其能夺来成立宪国,又何必不夺来成共和国呢?

又有人说,中国此时改革事事取法于人,自己无一点独立的学说,事先不能培养起国民独立的性根来,后来还望国民有独立的资格吗?此说诚然。但是此时异族政府禁端百出,又从何处发行这独立的学说?又从何处培养起自己国民独立的性根?盖一变则全国人心动摇,动摇则进化自速,不过十数年后,这"独立"两字自然印入国民的脑中。所以中国此时的改革,虽事事取法于人,将来他们各国定要在中国来取法的。如美国之文明仅百年耳,先皆由英国取法去的,于今为世界共和的祖国;倘是仍旧不变,于今能享这地球上最优的幸福不能呢?

若我们今日改革的思想不取法乎上,则不过徒救一时,是万不能永久太平的。盖这一变更是很不容易的。

我们中国先是误于说我中国四千年来的文明很好,不肯改革,于今也都晓得不能用,定要取法于人。若此时不取法他现世最文明的,还取法他那文明过渡时代以前的吗?我们决不要随天演的变更,定要为人事的变更,其速度方速。兄弟愿诸君救中国,要从高尚的下手,万莫取法乎中,以贻我四万万同胞子子孙孙的后祸。

[选自课程教材研究所《演讲与辩论(第一版)》,人民教育出版社2009年版]

【赏析】

这是孙中山于1905年8月13日出席日本东京中国留学生欢迎大会上的演讲,也是孙中山非常著名的一篇演说。演说既抒发了中华民族奋发图强的豪情,又指出了必须取法先进国家、现代文明的经验,明确提出了中国决不会沦亡的意思。在当时对中国持有悲观论的舆论氛围中,孙中山的这些言论有拨雾撩云、振聋发聩、激动人心、使人热血沸腾之影响,阅读时应认真感受体会。

【思考】

1. 这篇演讲词的特点是什么?
2. 文章是怎样论证"中国不亡"的观点的?

七　谈读书(节选)

朱光潜

【导言】

朱光潜(1897—1986),字孟实,桐城(今安徽省枞阳县)人。现当代著名美学家、文艺理论家、教育家、翻译家。1922年毕业于香港大学文学院。1925年留学英国爱丁堡大学,致力于文学、心理学与哲学的学习与研究,后在法国斯特拉斯堡大学获哲学博士学位。1933年回国后,历任北京大学、四川大学、武汉大学教授。1946年后一直在北京大学任教,讲授美学与西方文学。主要著作有《悲剧心理学》《文艺心理学》《西方美学史》《谈美》等。此外,他的《谈文学》《谈美书简》等理论读物,深入浅出,内容切实,文笔流畅,对提高青年的写作能力与艺术鉴赏能力颇有启迪。

十几年前我曾经写过一篇短文谈读书,这问题实在是谈不尽,而且这些年来我的见解也有些变迁,现在再就这问题谈一回,趁便把上次谈学问有未尽的话略加补充。

学问不只是读书,而读书究竟是学问的一个重要途径。因为学问不仅是个人的事而是全人类的事,每科学问到了现在的阶段,是全人类分途努力日积月累所得到的成就,而这成就还没有淹没,就全靠有书籍记载流传下来。书籍是过去人类的精神遗产的宝库,也可以说是人类文化学术前进轨迹上的记程碑。我们就现阶段的文化学术求前进,必定根据过去人类已得的成就做出发点。如果抹煞过去人类已得的成就,我们说不定要把出发点移回到几百年前甚至几千年前,纵然能前进,也还是开倒车落伍。读书是要清算过去人类成就的总账,把几千年的人类思想经验在短促的几十年内重温一遍,把过去无数亿万人辛苦获来的知识教训集中到读者一个人身上去受用。有了这种准备,一个人总能在学问途程上作万里长征,去发见新的世界。

历史愈前进,人类的精神遗产愈丰富,书籍愈浩繁,而读书也就愈不易。书籍固然可贵,却也是一种累赘,可以变成研究学问的障碍。它至少有两大流弊。第一,书多易使读者不专精。我国古代学者因书籍难得,皓首穷年才能治一经,书虽读得少,读一部却就是一部,口诵心惟,咀嚼得烂熟,透入身心,变成一种精神的原动力,一生受用不尽。现在书籍易得,一个青年学者就可夸口曾过目万卷,“过目”的虽多,“留心”的却少,譬如饮食,不消化的东西积得愈多,愈易酿成肠胃病,许多浮浅虚骄的习气都由耳食肤受所养成。其次,书多易使读者迷方向。任何一种学问的书籍现在都可装满一图书馆,其中真正绝对不可不读的基本著作往往不过数十部甚至于数部。许多初学者贪多而不务得,在无足轻重的书籍上浪费时间与精力,就不免把基本要籍耽搁了;比如学哲学者尽管看过无数种的哲学史和哲学概论,却没有看过一种柏拉图的《对话集》,学经济学者尽管读过无数种的教科书,却没有看过亚当・斯密的《原富》。做学问如作战,须攻坚挫锐,占住要塞。目标太多了,掩埋了坚锐所在,只东打一拳,西路一脚,就成了“消耗战”。

读书并不在多,最重要的是选得精,读得彻底。与其读十部无关轻重的书,不如以读十部书的时间和精力去读一部真正值得读的书;与其十部书都只能泛览一遍,不如取一部书精读十遍。“好书不厌百回读,熟读深思子自知”,这两句诗值得每个读书人悬为座右铭。读书原为自己受用,多读不能算是荣誉,少读也不能算是羞耻。少读如果彻底,必能养成深思熟虑的习惯,涵泳优游,以至于变化气质;多读而不求甚解,则如驰骋十里洋场,虽珍奇满目,徒惹得心花意乱,空手而归。世间许多人读书只为装点门面,如暴发户炫耀家私,以多为贵。这在治学方面是自欺欺人,在做人方面是趣味低劣。

读的书当分种类,一种是为获得现世界公民所必需的常识,一种是为做专门学问。为获常识起见,目前一般中学和大学初年级的课程,如果认真学习,也就很够用。所谓认真学习,熟读讲义课本并不济事,每科必须精选要籍三五种来仔细玩索一番。常识课程总共不过十数种,每种选读要籍三五种,总计应读的书也不过五十部左右。这不能算是过奢的要求。一般读书人所读过的书大半不止此数,他们不能得实益,是因为他们没有选择,而阅读时又只潦草滑过。

有些人读书,全凭自己的兴趣。今天遇到一部有趣的书就把预拟做的事丢开,用全副精力去读它;明天遇到另一部有趣的书,仍是如此办,虽然这两书在性质上毫不相关。一年之中可以时而习天文,时而研究蜜蜂,时而读莎士比亚。在旁人认为重要而自己不感兴味的书都一概置之不理。这种读法有如打游击,亦如蜜蜂采蜜。它的好处在使读书成为乐事,对于一时兴到的著作可以深入,久而久之,可以养成一种不平凡的思路与胸襟。它的坏处在使读者泛滥而无所归宿,缺乏专门研究所必需的“经院式”的系统训练,产生畸形的发展,对于某一方面知识过于重视,对于另一方面知识可以很蒙昧。我的朋友中有专门读冷僻书籍,对于正经正史从未过问的,他在文学上虽有造就,但不能算是专门学者。如果一个人有时间与精力允许他过享乐主义的生活,不把读当作工作而只当作消遣,这种蜜蜂采蜜式的读书法原亦未尝不可采用。但是一个人如果抱有成就一种学问的志愿,他就不能不有预定计划与系统。对于他,读书不仅是追求兴趣,尤其是一种训练,一种准备。有些有趣的书他须得牺牲,也有些初看很干燥的书他必须咬定牙关去硬啃,啃久了他自然还可以啃出滋味来。

读书必须有一个中心去维持兴趣,或是科目,或是问题。以科目为中心时,就要精选那一科要籍，一部一部的从头读到尾，以求对于该科得到一个概括的了解，做进一步做高深研究的准备。读文学作品以作家为中心，读史学作品以时代为中心，也属于这一类。以问题为中心时，心中先须有一个待研究的问题，然后采关于这问题的书籍去读，用意在搜集材料和诸家对于这问题的意见，以供自己权衡去取，推求结论。重要的书仍须全看，其余的这里看一章，那里看一节，得到所要搜集的材料就可以丢手。这是一般做研究工作者所常用的方法，对于初学不相宜。不过初学者以科目为中心时，仍可约略采取以问题为中心的微意。一书作几遍看，每一遍只着重某一方面。

读书要有中心，有中心才易有系统组织。比如看史书，假定注意的中心是教育与政治的关系，则全书中所有关于这问题的史实都被这中心联系起来，自成一个系统。以后读其他书籍如经子专集之类，自然也常遇着关于政教关系的事实与理论，它们也自然归到从前看史书时所形成的那个系统了。一个人心里可以同时有许多系统中心，如一部字典有许多"部首"，每得一条新知识，就会依物以类聚的原则，汇归到它的性质相近的系统里去，就如拈新字贴进字典里去，是人旁的字都归到人部，是水旁的字都归到水部。大凡零星片断的知识，不但易忘，而且无用。每次所得的新知识必须与旧有的知识联络贯串，这就是说，必须围绕一个中心归聚到一个系统里去，才会生根，才会开花结果。

(选自朱光潜《谈读书》，天津人民出版社 1998 年版)

【赏析】

朱光潜先生在文章里主要围绕着做学问谈了两个问题：为什么要读书和该怎么读书。前一个问题谈得简略，后一个详尽。开篇虽然平淡，但越往后读，越觉味浓意深。众多大家名著纷呈眼底，先生好像是为读者开具好的书单，又像是在做读书索引，将读书的真谛娓娓道来，真的是为有源头活水来。文章思路清晰，十分有条理，其中谈到的读书方法值得我们思考和借鉴。

【思考】

1. 作者认为初学者该怎么读书？
2. 请结合你的专业，具体谈一谈你准备怎样去读你的专业书。

八　我的信念

［法］玛丽·居里

【导言】

玛丽·居里(1867—1934),世称“居里夫人”,全名玛丽亚·斯克沃多夫斯卡·居里。法国著名波兰裔科学家、物理学家、化学家。1903 年,居里夫妇和贝克勒尔由于对放射性的研究贡献而共同获得诺贝尔物理学奖;1911 年,因发现元素钋和镭再次获得诺贝尔化学奖,成为历史上第一个两获诺贝尔奖的人。居里夫人的成就包括开创了放射性理论,发明分离放射性同位素技术,发现两种新元素钋和镭。在她的指导下,人们第一次将放射性同位素用于治疗癌症。由于长期接触放射性物质,居里夫人于 1934 年 7 月 3 日因恶性白血病逝世。

生活对于任何人都非易事,我们必须有坚韧不拔的精神。最要紧的,还是我们自己要有信心。我们必须相信,我们对每一件事情都有天赋的才能,并且,无论付出任何代价,都要把这件事情完成。当事情结束的时候,你要能问心无愧地说:“我已经尽我所能了。”

有一年的春天里,我因病被迫在家里休息数周。我注视着我的女儿们所养的蚕结着茧子,这使我感兴趣。望着这些蚕固执地、勤奋地工作着,我感到我和它们非常相似。像它们一样,我总是耐心地集中在一个目标上,我之所以如此,或许是因为某种力量在鞭策着我——正如蚕被鞭策着去结它的茧子一般。

近五十年来,我致力于科学的研究,而研究是对真理的探讨。我有许多美好快乐的记忆。少女时期,我在巴黎大学,孤独地过着求学的岁月。在那整个时期中,我丈夫和我专心致志地,像在梦幻之中一般,艰辛地坐在简陋的书房里研究,后来,我们就在那儿发现了镭。

我在生活中,永远是追求安静的工作和简单的家庭生活。为了实现这个理想,我竭力保持宁静的环境,以免受人事的干扰和盛名的渲染。

我深信在科学方面我们有对事而不是对人的兴趣。当皮埃尔·居里和我考虑应否在我们的发现上取得经济利益时，我们都认为不能违反我们的纯粹研究观念。因而我们没有申请镭的专利，也就抛弃了一笔财富。我坚信我们是对的。诚然，人类需要寻求现实的人，他们在工作中获得很大的报酬。但是，人类也需要梦想家——他们受了事业的强烈的吸引，使他们没有闲暇，也无热情去谋求物质上的利益。我的唯一奢望，是在一个自由国家中以一个自由学者的身份从事研究工作。我从没有视这种利益为理所当然的，因为我在24岁以前，我一直居住在被占领和蹂躏的波兰。我估量过法国自由的代价。

我并非生来就是一个性情温和的人，我很早就知道，许多像我一样敏感的人，甚至受一言半语的苛责，便会过分懊恼，他们尽量隐藏自己的敏感。从我丈夫的温和沉静的性格中，我受益匪浅。当他猝然长逝后，我便学会了逆来顺受。我年纪渐渐老了，我愈会欣赏生活中的种种琐事，如栽花、植树、建筑，对诗歌朗诵和眺望星辰也有一点兴趣。

我一直沉醉于世界的优美之中，我所热爱的科学也不断增加它崭新的远景。我认定科学本身就具有伟大的美。一位从事研究工作的科学家，不仅是一个技术人员，而且是一个小孩儿，在大自然的景色中，好像迷神话故事一般。这种魅力，就是使我终生能够在实验室里埋头工作的主要原因。

（选自剑捷《现代人的智慧》，科学普及出版社1999年版）

【赏析】

本文中，作者以质朴的语言对自己的性格、为人、理想和信念进行总结和回顾，表现了自己作为科学研究工作者所具备的坚韧不拔的精神、淡泊名利不为世俗所动的品格和专注地投身科学研究的热情，她以自己的不懈追求和辉煌成就说明：人做事要有信心，要有坚韧不拔的精神，要淡泊名利，集中目标，勤奋工作，这样才能有所成就。只有这种精神、品格和热情，才是为人类做出杰出贡献的关键因素和坚实基础。

【思考】

1. “我之所以如此，或许是因为有某种力量在鞭策着我——正如蚕被鞭策着去结茧一般”中“某种力量”指什么力量？
2. 居里夫人所说的“讲究现实的人”与“梦想家”是什么意思？
3. 居里夫人少女时期在巴黎求学是既快乐又孤独的，应如何理解？

九 论创造

[法]罗曼·罗兰

【导言】

罗曼·罗兰(1866—1944),法国批判现实主义作家、音乐评论家。1866年1月29日生于法国中部小城镇克拉姆西,15岁随父亲迁居巴黎。1886年,考入巴黎高等师范学校,毕业后入罗马法国考古学校当研究生。其后在巴黎大学讲授艺术史,并从事文学创作。代表作为长篇小说《约翰·克利斯朵夫》,传记有《米开朗琪罗传》《贝多芬传》《托尔斯泰传》等,散文集有《战时日记》《内心旅程》等。1915年获诺贝尔文学奖。

生命是一张弓,那弓弦是梦想。箭手在何处呢?

我见过一些俊美的弓,用坚韧的木料制成,了无节痕,谐和秀逸如神之眉,但仍无用。

我见过一些行将震颤的弦线,在静寂中战栗着,仿佛从动荡的内脏中抽出的肠线。它们绷紧着,即将奏鸣了……它们将射出银矢——那音符——在空气的湖面上拂起涟漪,可是它们在等待什么?终于松弛了。永远没有人听到乐声了。

震颤沉寂,箭枝分散;箭手何时来捻弓呢?

很早就来把箭搭在我的梦想上。我几乎记不起何时我曾躲过他。只有神知道我怎样地梦想!我的一生是一个梦。我梦着我的爱、我的行动和我的思想。在晚上,当我无眠时,在白天,当我幻想时,我心灵中的谢海莱莎特就解开了纺纱竿;她在急于讲故事时,把她梦想的线索搅乱了。我的弓跌到了纺纱竿一面。那箭手,我的主人,睡着了。但即使在睡眠中,他也不放松我。我挨近他躺着;我像那把弓,感到他的手放在我光滑的木杆上;那只丰美的手、那些修长而柔软的手指,它们用纤嫩的肌肤扶弄着在黑夜中奏鸣的一根弦线。我使自己的颤动融入他身体的颤动中,我战栗着,等候苏醒的瞬间,那时神圣的箭手就会把我搂入他怀抱里。

所有我们这些有生命的人都在他掌中;灵智与身体、人、兽、元素——水与火——气流与树脂——一切有生之物……

生存何足道!要生活,就必须行动。您在何处,Primns movens?我在向您呼吁,箭手！生命之弓在您脚下横着。俯下身来，拣起我吧！把箭搭在我的弓弦上，射吧！

我的箭如飘忽的羽翼，嗖地飞去了；那箭手把手挪回来，搁在肩头，一面注视着向远方消失的飞矢；而渐渐的，已经射过的弓弦也由震颤而归于凝止。

神秘的发泄！谁能解释呢？一切生命的意义就在于此——在于创造的刺激。

万物都在期待着在这刺激的状态中生活着。我常观察我们那些小同胞，那些兽类与植物寄异的睡眠——那些禁锢在茎衣中的树木、做梦的反刍动物、梦游的马、终生懵懵懂懂的生物。而我在它们身上却感到一种不自觉的智慧，其中不无一些悒郁的微光，显出思想快形成了：

“究竟什么时候才行动呢？”

微光隐没。它们又入睡了，疲倦而听天由命……

“还没到时候呐。”

我们必须等待。

我们一直等待着，我们这些人类。时候毕竟到了。

可是对于某些人，创造的使者只站在门口。对于另一些人，他却进去了。他用脚碰碰他们：

“醒来！前进！”

我们一跃而起。咱们走！

我创造，所以我生存。生命的第一个行动是创造的行动。一个新生的男孩刚从母亲子宫里冒出来时，就立刻洒下几滴精液。一切都是种子；身体和心灵均如此。每一种健全的思想是一颗植物种子的包壳，传播着输送生命的花粉。造物主不是个劳作了六天而在安息日上休憩的有组织的工人。安息日就是主日，那伟大的创造日。造物主不知道还有什么别的日子。如果他停止创造，即使是一刹那，他也会死去。因为“空虚”会张开两颚等着他……

颚骨，吞下吧，别作声！巨大的播种者散布着种子，仿佛流泻的阳光；而每一颗洒下来的渺小种子就像另一个太阳。倾泻吧，未来的收获，无论肉体或精神的！精神或肉体，反正都是同样的生命之源泉。“我的不朽的女儿，刘克屈拉和曼蒂尼亚……”我产生我的思想和行动，作为我身体的果实……永远把血肉赋予文字……这是我的葡萄汁，正如收获葡萄的人在大桶中用脚踩出的一样。

因此，我一直创造着……

（选自宋兆霖《诺贝尔文学奖获奖作家散文选》，浙江文艺出版社 2005 年版）

【赏析】

本文运用丰富的联想、形象的比喻，淋漓酣畅地叙述了生命的意义在于创造！要生存，就要创造，生命的第一行动是创造的行动。

作者把生命比喻成一张弓，而创造则是使用弓的箭手。接着写出两种生命之弓：一是"用坚韧的木料制成，谐和秀逸如神之眉"，这张无节痕的俊美的弓，却无用，失去它的社会价值；二是"一些行将震颤的弦线"绷紧着，即将奏鸣了……然而却终于松弛了。为什么？因为没有箭手来引动它们走向奋斗、搏击的世界。由此论证了箭手对于弓之重要，也就是创造对于生命永恒之重要。失去箭手，再好的弓也只能意兴阑珊地横着，失去了一触即发的生气。而人的生命，如果没有创造的刺激，也就失去了存在的意义。

【思考】

试分析作者从哪些方面论述了创造的重要性。

印象扬州

十 忆扬州

[唐] 徐凝

【导言】

徐凝，生卒年不详，唐代诗人，浙江睦州分水人，与诤友张祜年岁相当，与白居易、元稹同时而稍晚。代表作有《忆扬州》《奉酬元相公上元》等。明人杨基《眉庵集》卷五“长短句体”赋诗云：“李白雄豪妙绝诗，同与徐凝传不朽。”

《忆扬州》是一首怀人诗，标题却不明题怀人，而偏说怀地。这是因为诗人把扬州明月写到了入神的地步，并用“无赖”之“明月”，把扬州装点出无限的风姿，与《忆扬州》的标题吻合无间，因而把读者的注意力引向向往扬州的美好。这种大胆的艺术构思所产生的效果，令人惊叹。

萧娘脸薄难胜泪[1]，桃叶眉长易觉愁[2]。
天下三分明月夜[3]，二分无赖是扬州[4]。

（选自张国举《唐诗精华注译评》，长春出版社2010年版）

【注释】

[1] 萧娘：南朝以来，诗词中的男子所恋的女子常被称为萧娘，女子所恋的男子常被称为萧郎。脸薄：容易害羞，这里形容女子娇美。胜：能承受。

[2] 桃叶：原指晋王献之爱妾名。南朝陈僧智匠《古今乐录》载：晋代王献之有妾名桃叶，笃爱之，故作《桃叶歌》。这里是少女的代称或指思念的佳人。眉长：一作“眉尖”。觉：察觉。

[3] 天下三分:《论语》有"三分天下有其二,以服事殷勤"。

[4] 无赖:无奈,常用以指称烦扰多事者。诗人说,满腹愁怀却偏又遇见月光朗照,觉得甚是不堪。后世转而用来表达可爱、亲昵之意。唐杜甫《奉陪郑驸马韦曲二首》有"韦曲花无赖,家家恼杀人"句,本意是可爱,反说它无赖,无赖正是爱惜的反话。宋陆游诗"江水不胜绿,梅花无赖香"中的"无赖"也有可爱、可喜意。

【赏析】

作为一首怀人诗,诗人没有着力描写扬州这座"绿扬城郭"的宜人风物,而是以离恨千端的绵绵情怀,追忆当日的别情。不写自己的殷切怀念,而写"萧娘"别时音容,以往日远人之情重,衬出今日自己情怀之不堪,是深一层写法。

前两句极力描写当日别离景象。萧娘、桃叶均代指所思;愁眉、泪眼看似重复,而以一"难"一"易"出之,便不觉其烦,反而有反复流连、无限萦怀之感。当日的愁眉,当日的泪眼,以及当日的惨痛心情,都成为今日无穷的思念。于此思念殷切之际,唯觉一片惆怅,无可诉说之人。后两句描写诗人抬头而见月,但此月偏偏又是当时扬州照人离别之月,更加助愁添恨。虽然时光冲淡了当日的凄苦,却割不断缠绵的思念。这种挣不断、解不开的心绪,本与明月无关,奈何它曾照离人泪眼,似是有情;而今宵偏照愁人,又似无动于衷,却又可憎。于深夜抬头望月时,本欲解脱此一段愁思,却想不到月光又来缠人,所以说"明月无赖"。

"无赖"二字,本有褒贬两义,这里因明月恼人,有抱怨意。但后世因惊赏这对扬州明月的新奇描绘,就离开了作者原意,把它截下来只作为描写扬州夜月的传神警句来欣赏,这时的"无赖"二字又成为爱极的昵称了。这也是形象有时会大于作者构思的一例。

本来月光普照,遍及人寰,并不偏宠扬州。而扬州的魅力,也非仅在月色。诗为传神,有时似乎违反常理,却能深入事理骨髓。"三分""无赖"的奇幻设想,也有它的渊源与影响。"三分明月",使人想起谢灵运的名言。他说:"天下才有一石,曹子建独占八斗,我得一斗,天下共分一斗。"此后宋人苏轼《水龙吟·和章质夫杨花》中的"春色三分,二分尘土,一分流水"也不逊色。这些数目字,都是不可以常理论的,而它的艺术效果却是惊人的。以徐凝此诗而论,后世读者读此诗后,对扬州的向往如醉如痴,致使"二分明月"成为扬州的代称。至如"月色无赖",后世如王安石"春色恼人眠不得,月移花影上栏杆"中的"春色恼人"即与之同一机杼。

【思考】

这首诗在写作上使用了什么表现手法?请举例说明。

十一　酬乐天扬州初逢席上见赠[1]

［唐］刘禹锡

【导言】

刘禹锡（772—842），字梦得，河南洛阳人。唐朝文学家、哲学家，有"诗豪"之称。刘禹锡诗文俱佳，涉猎题材广泛，与柳宗元并称"刘柳"，与韦应物、白居易合称"三杰"，并与白居易合称"刘白"，有《陋室铭》《竹枝词》《杨柳枝词》《乌衣巷》等名篇。有《刘梦得文集》，存世有《刘宾客集》。

刘禹锡曾参加王叔文领导的政治改革，失败后，一再遭贬。唐敬宗宝历二年（826），刘禹锡被罢去和州刺史，北归京师，途经扬州，遇到白居易。在酒宴上，白居易写了《醉赠刘二十八使君》，对刘长期遭受贬谪表示同情。刘禹锡写了这首诗答谢他。使君，对刺史的称呼。全诗感情真挚，起伏跌宕，沉郁中见豪放，不仅反映了深刻的人生哲理，也具有很强的艺术感染力。

巴山楚水凄凉地[2]，二十三年弃置身[3]。
怀旧空吟闻笛赋[4]，到乡翻似烂柯人[5]。
沉舟侧畔千帆过[6]，病树前头万木春。
今日听君歌一曲[7]，暂凭杯酒长精神[8]。

［选自《中华活页文选（初三年级）》，2013年第3期］

【注释】

［1］酬：答谢，酬答，这里是指以诗相答的意思，用诗歌赠答。乐天：指白居易，字乐天。见赠：送给（我）。

［2］巴山楚水：指四川、湖南、湖北一带。古时四川东部属于巴国，湖南北部和湖北等地属于楚国。刘禹锡被贬后，迁徙于朗州、连州、夔州、和州等边远地区，这里用"巴山

楚水”泛指这些地方。

[3] 二十三年：从唐顺宗永贞元年(805 年)刘禹锡被贬为连州刺史，至宝历二年(826 年)冬应召，约二十二年。因贬地离京遥远，实际上到第二年才能回到京城，所以说二十三年。弃置身：指遭受贬谪的诗人自己。弃置，贬谪(zhé)。置，放置。

[4] 怀旧：怀念故友。吟：吟唱。闻笛赋：指西晋向秀的《思旧赋》。三国曹魏末年，向秀的朋友嵇康、吕安因不满司马氏篡权而被杀害。后来，向秀经过嵇康、吕安的旧居，听到邻人吹笛，不禁悲从中来，于是作《思旧赋》。序文中说：自己经过嵇康旧居，因写此赋追念他。刘禹锡借用这个典故怀念已死去的王叔文、柳宗元等人。

[5] 翻似：倒好像。翻，副词，反而。烂柯人：指晋人王质。相传晋人王质上山砍柴，看见两个童子下棋，就停下观看。等棋局终了，手中的斧柄(柯)已经朽烂。回到村里，才知道已过了一百年，同代人都已经亡故。作者以此典故表达自己遭贬 23 年的感慨，也借这个故事表达世事沧桑，人事全非，暮年返乡恍如隔世的心情。

[6] 沉舟：这是诗人以沉舟、病树自比。侧畔：旁边。

[7] 歌一曲：指白居易的《醉赠刘二十八使君》。

[8] 长(zhǎng)精神：振作精神。长，增长，振作。

【赏析】

本诗显示了诗人对世事变迁和仕宦升沉的豁达襟怀，抒发了诗人的坚定信念和乐观精神，同时又暗含哲理，表明新事物必将取代旧事物。

刘禹锡这首酬答诗，接过白居易诗的话头，着重抒写特定环境中自己的感情。白居易《醉赠刘二十八使君》中最后两句“亦知合被才名折，二十三年折太多”，一方面感叹刘禹锡的不幸命运，另一方面又称赞了刘禹锡的才气与名望，同情之中包含着赞美，十分委婉。刘禹锡在诗的开头就接着说：“巴山楚水凄凉地，二十三年弃置身。”自己谪居在巴山楚水这荒凉的地区，算来已经二十三年了。一来一往，显出朋友之间推心置腹的亲切关系。

接着，诗人很自然地发出感慨道：“怀旧空吟闻笛赋，到乡翻似烂柯人。”说自己在外二十三年，如今回来，许多老朋友都已去世，只能徒然地吟诵《闻笛赋》表示悼念而已。此番回来恍如隔世，觉得人事全非，不再是旧日的光景了。后一句用王质烂柯的典故，既暗示了自己贬谪时间的长久，又表现了世态的变迁，以及回归之后生疏而怅惘的心情，含义十分丰富。

白居易的赠诗中有“举眼风光长寂寞，满朝官职独蹉跎”这样两句，意思是说同辈的人都升迁了，只有你在荒凉的地方寂寞地虚度了年华，颇为刘禹锡抱不平。对此，刘禹锡在酬诗中写道：“沉舟侧畔千帆过，病树前头万木春。”刘禹锡以沉舟、病树比喻自己，固然感到惆怅，却又相当达观。沉舟侧畔，有千帆竞发；病树前头，正万木皆春。他从白诗中翻出这两句，反而劝慰白居易不必为自己的寂寞、蹉跎而忧伤，对世事的变迁和仕宦的升沉表现出豁达的襟怀。这两句诗意又和白诗“命压人头不奈何”“亦知合被才名折”相呼应，但其思想境界要比白诗高，意义也深刻得多。二十三年的贬谪生活，并没有使他消沉颓唐。正像他在《酬乐天咏老见示》一诗中所写的："莫道桑榆晚，为霞犹满天。"他这棵病树仍然要重添精神，迎上春光。因为这两句诗形象生动，至今仍常常被人引用，并赋予它新的意义，说明新事物必将取代旧事物。

正因为"沉舟"这一联诗突然振起，一变前面伤感低沉的情调，尾联便顺势而下，写道："今日听君歌一曲，暂凭杯酒长精神。"点明了酬答白居易的题意。

总体来说，诗的首联以伤感低沉的情调，回顾了诗人的贬谪生活，"凄凉地""弃置身"，虽语含哀怨，却感伤中不失沉雄，凄婉中尤见苍劲。颔联，借用典故暗示诗人被贬时间之长，表达了世态的变迁以及回归以后人事生疏而怅惘的心情。"闻笛赋""烂柯人"，借典寄慨，耐人寻味。颈联是全诗感情升华之处，也是传诵千古的警句。诗人把自己比作"沉舟"和"病树"，意思是自己虽屡遭贬谪，新人辈出，却也令人欣慰，表现出他豁达的胸襟。在手法上，此联将诗情、画意、哲理熔于一炉，以形象的画面表现抽象的哲理，旨趣隽永。尾联顺势点明了酬答的题意，请白氏举杯痛饮，借以振奋精神，表达了诗人重新投入生活的意愿及坚韧不拔的意志。在这首诗中，诗人借酬答抒发了长期被贬的愤懑，也表达了坚持理想、寄希望于未来的信念。

【思考】

描述"沉舟侧畔千帆过，病树前头万木春"一句所展现的画面。并说说该诗句揭示的自然规律（或蕴含的生活哲理）。

十二　春江花月夜

[唐] 张若虚

【导言】

张若虚，生卒年不详，江苏扬州人。曾任兖州兵曹。事迹略见于《旧唐书·贺知章传》。中宗神龙（705—707）中，与贺知章、贺朝、万齐融、邢巨、包融俱以文辞俊秀驰名于京都，与贺知章、张旭、包融并称"吴中四士"。玄宗开元时尚在世。张若虚的诗仅存两首于《全唐诗》中。其中《春江花月夜》是一篇脍炙人口的名作,它沿用陈隋乐府旧题,抒写真挚动人的离情别绪及富有哲理意味的人生感慨,语言清新优美,韵律宛转悠扬,洗去了宫体诗的浓脂艳粉,给人以澄澈空明、清丽自然的感觉。

春江潮水连海平,海上明月共潮生。
滟滟随波千万里[1],何处春江无月明!
江流宛转绕芳甸[2],月照花林皆似霰;
空里流霜不觉飞[3],汀上白沙看不见。
江天一色无纤尘,皎皎空中孤月轮。
江畔何人初见月?江月何年初照人?
人生代代无穷已,江月年年只相似。
不知江月待何人,但见长江送流水。
白云一片去悠悠,青枫浦上不胜愁[4]。
谁家今夜扁舟子?何处相思明月楼[5]?
可怜楼上月徘徊,应照离人妆镜台[6]。
玉户帘中卷不去,捣衣砧上拂还来。
此时相望不相闻,愿逐月华流照君。
鸿雁长飞光不度,鱼龙潜跃水成文[7]。
昨夜闲潭梦落花[8],可怜春半不还家。
江水流春去欲尽,江潭落月复西斜。
斜月沉沉藏海雾,碣石潇湘无限路。
不知乘月几人归,落月摇情满江树。

(选自程千帆等《唐诗鉴赏辞典》,上海辞书出版社 1983 年版)

【注释】

[1] 滟(yàn)滟:波光荡漾的样子。

[2] 芳甸(diàn):芳草丰茂的原野。甸,郊外之地。

[3] 流霜:飞霜,古人以为霜和雪一样,是从空中落下来的,所以叫流霜。在这里比喻月光皎洁,月色朦胧、流荡,所以不觉得有霜霰飞扬。

[4] 青枫浦上:青枫浦,地名,今湖南浏阳市境内有青枫浦。这里泛指游子所在的地方。暗用《楚辞·招魂》:"湛湛江水兮上有枫,目极千里兮伤春心。"浦上,水边。《九歌·河伯》:"送美人兮南浦。"因而此句隐含离别之意。

[5] 明月楼:月夜下的闺楼,这里指闺中思妇。曹植《七哀》:"明月照高楼,流光正徘徊。上有愁思妇,悲叹有余哀。"

[6] 离人:此处指思妇。

[7] 文：同“纹”。
[8] 闲潭：幽静的水潭。

【赏析】

这首诗被闻一多先生誉为“诗中的诗，顶峰上的顶峰”（《宫体诗的自赎》），一千多年来使无数读者为之倾倒。一生仅留下两首诗的张若虚，也因这一首诗，“孤篇横绝，竟为大家”。

此诗共三十六句，每四句一换韵，以富有生活气息的清丽之笔，创造性地再现了江南春夜的景色，如同月光照耀下的万里长江画卷，同时寄寓着游子思归的离别相思之苦。诗篇意境空明，缠绵悱恻，洗净了六朝宫体的浓脂腻粉，词清语丽，韵调优美，脍炙人口，乃千古绝唱，素有“孤篇盖全唐”之誉。

这是一首抒情诗。诗篇题目就令人心驰神往。春、江、花、月、夜，这五种事物集中体现了人生最动人的良辰美景，构成了诱人探寻的奇妙的艺术境界。诗人细致地描绘了江南春江花月之夜清幽静谧的自然景色，并由此而生发出对宇宙无穷、人生短促的思索和对明月今宵、游子思妇却天各一方的惋惜。诗中尽管不无人生苦短的伤感，然而读来轻曼如烟，悠悠惆怅中还交织着对生命的依恋，对青春的珍惜，对“人生代代无穷已”，得以与明月长久共存相伴的一丝欣慰；尽管也有夫妇别离的哀愁，但是写来柔婉似水，绵绵相思中饱和着“借明月寄相思”的脉脉温情，蕴含着对重逢的美好企盼。从表层看，明月长圆而人情不圆，显示了景物与人情的乖背；明月长在而人生不再，展示了宇宙与人生的矛盾。但从深层看，“借明月寄相思”又显示了人心与自然的和谐，而“人生代代无穷已”与“江月年年只相似”，则展示了生命与宇宙的同一。作者对天人关系的思索，超越了前人仅仅哀叹生命短暂的窠（kē）臼，表现出对生命的热爱和对人生幸福的追求，在礼赞自然的同时礼赞生命。这既体现了诗人本身对生命意义的深切体认和对天人关系的深刻认识，也体现了中国古代哲学“天人一体同仁”的传统精神。

诗人就是这样，把内心感受和外在世界熔为一炉，把客观真实化为主观表现，创造出了一个主观世界和客观世界相互感应、空灵之美与殷实之美交相辉映的艺术境界。诗人笔下澄澈空明的“春江花月夜”，不是子虚乌有的世外桃源，不是空穴来风的化外之邦，而是现实世界中一道凄美的风景，是诗人为典型的生活寻找一个更为典型的艺术环境而进行的一次成功的艺术实践。正因为这样，当年的张若虚凭着一首《春江花月夜》而“孤篇横绝，竟为大家”；正因为这样，一首完美的《春江花月夜》历经大浪的淘洗而积淀在历史的长河里，成为中华文明永恒的经典。

【思考】

“月”是中国古代诗歌不解的意象情结，请整理关于“月”的诗句。

烂漫诗情

十三　子　衿

《诗经·国风·郑风》

【导言】

《诗经》是我国最早的一部诗歌总集，收集了西周初年至春秋中叶（前11世纪至前6世纪）的诗歌，共305篇，反映了周初至周晚期约五百年间的社会面貌。

《诗经》在先秦时期称为《诗》，或取其整数称《诗三百》。西汉时被尊为儒家经典，开始称为《诗经》，并沿用至今。诗经在内容上分为《风》《雅》《颂》三个部分。《风》是周代各地的歌谣；《雅》是周人的正声雅乐，又分《小雅》和《大雅》；《颂》是周王庭和贵族宗庙祭祀的乐歌，又分为《周颂》《鲁颂》和《商颂》。《诗经》的主要表现方法是为赋、比、兴。

《诗经》内容丰富，反映了劳动与爱情、战争与徭役、压迫与反抗、风俗与婚姻、祭祖与宴会，甚至天象、地貌、动物、植物等方方面面，是周代社会生活的一面镜子。

《子衿》一诗，现代学者一般认为是一首情歌。歌者热烈爱着一位青年，他们相约在城阙见面，但久等不至，歌者望眼欲穿，焦急地来回走动，埋怨情人不来赴约，更怪他不捎信来，于是唱出此诗寄托其情思。

青青子衿[1]，悠悠我心[2]。纵我不往，子宁不嗣音[3]？
青青子佩[4]，悠悠我思。纵我不往，子宁不来？
挑兮达兮[5]，在城阙兮[6]。一日不见，如三月兮。

（选自朱熹《诗经集传》，上海古籍出版社 1987 年版）

【注释】

[1] 子衿：周代读书人的服装。子，男子的美称，这里即指“你”。衿，即襟，衣领。
[2] 悠悠：忧思不断的样子。
[3] 宁（nìng）：岂，难道。嗣（yí）音：寄传音讯。嗣，通“贻”，给、寄的意思。
[4] 佩：这里指系佩玉的绶带。
[5] 挑（táo）兮达（tà）兮：独自走来走去的样子。挑，也作“佻”。
[6] 城阙：城门两边的观楼。

【译文】

青青的是你的衣领，悠悠的是我的思念。纵然我不曾去会你，难道你不把音信传？
青青的是你的佩带，悠悠的是我的情怀。纵然我不曾去找你，难道你不能主动来？
来来往往张眼望啊，在这高高的城楼上。一天不见你的面啊，好像有三月那样长！

【赏析】

这首诗采用“赋”的表现手法，层层渲染，将相思之情表现得淋漓尽致。全诗三章，采用倒叙手法。前两章以“我”的口气自述怀人，“青青子衿”，“青青子佩”，是以恋人的衣饰借代恋人，直接抒发主人公对心上人的思念之情。第三章是全诗的高潮部分，“挑兮达兮，在城阙兮”两句写焦急地等待：踮起脚尖，伸长脖子，看不见恋人的影子心里很着急，恨不得马上跑到他的家里去找他。写主人公在城楼上因久候恋人不至而心烦意乱，来来回回地走个不停。“一日不见，如三月兮”通过夸张修辞技巧，造成主观时间与客观时间的反差，从而将其强烈的心理情绪形象地表现了出来，可谓因夸以成状，沿饰而得奇。心理描写手法，在后世文坛已发展得淋漓尽致，而上溯其源，此诗已开其先。

这首诗是《诗经》众多情爱诗歌作品中较有代表性的一篇，它鲜明地体现了那个时代的女性所具有的独立、自主、平等的思想观念和精神实质，女主人公在诗中大胆表达自己的情感，即对情人的思念。这在《诗经》以后的历代文学作品中是少见的。

【思考】

最后一句话“一日不见，如三月兮”采用了什么样的修辞方法？有什么含义？

十四　短歌行

[东汉] 曹操

【导言】

曹操(155—220),字孟德,小名阿瞒,沛国谯(今安徽省亳州市)人。政治军事方面,曹操消灭了众多割据势力,统一了中国北方大部分区域,并实行一系列政策恢复经济生产和社会秩序,奠定了曹魏立国的基础。文学方面,在曹操父子的推动下形成了以三曹(曹操、曹丕、曹植)为代表的建安文学,史称“建安风骨”,在文学史上留下了光辉的一笔。魏朝建立后,曹操被尊为“魏武帝”,庙号“太祖”。他的诗歌受乐府民歌的影响很深,但富有创造性,以旧调旧题表现新的内容,气魄雄伟,情感深沉,情调苍凉悲壮。事迹见《三国志》卷一本纪。有《魏武帝集》。

本篇抒写时光易逝,功业未就的苦闷和作者希望招纳贤才,帮助自己建功立业的意志。全诗感情充沛而又起伏曲折,带有浓厚的悲凉情调,是曹操的代表作之一。

对酒当歌,人生几何!
譬如朝露,去日苦多[1]。
慨当以慷,忧思难忘。
何以解忧? 唯有杜康。
青青子衿,悠悠我心。
但为君故,沉吟至今[2]。
呦呦鹿鸣,食野之苹。
我有嘉宾,鼓瑟吹笙[3]。
明明如月,何时可掇[4]?
忧从中来,不可断绝。
越陌度阡[5],枉用相存[6]。
契阔谈讌[7],心念旧恩。

月明星稀，乌鹊南飞。
绕树三匝[8]，何枝可依？
山不厌高，海不厌深[9]。
周公吐哺，天下归心。

[选自余冠英《三曹诗选(第二版)》，人民文学出版社1979年版]

【注释】

[1] 去日苦多：已经过去的日子太多了，有慨叹人生短暂之意。去日，过去的日子。苦，患，苦于。

[2] 沉吟：原指小声叨念和思索，这里指对贤人的思念和倾慕。

[3] 呦（yōu）呦鹿鸣，食野之苹。我有嘉宾，鼓瑟吹笙（shēng）：出自《诗经・小雅・鹿鸣》。呦呦：鹿叫的声音。苹：艾蒿。鼓：弹。

[4] 何时可掇（duō）：什么时候可以摘取呢？掇，拾取，摘取。另解，"掇"读chuò，为通假字，通"辍"，即停止的意思。何时可掇，意思就是什么时候可以停止呢。

[5] 越陌度阡：穿过纵横交错的小路。陌，东西向田间小路。阡，南北向的田间小路。

[6] 枉用相存：屈驾来访。枉，这里是"枉驾"的意思。用，以。存，问候，思念。

[7] 讌（yàn）：通"宴"，相聚叙谈。

[8] 三匝（zā）：三周。匝，周，圈。

[9] 海不厌深：一本作"水不厌深"。这里是借用《管子・形解》中的话，原文是："海不辞水，故能成其大；山不辞土，故能成其高；明主不厌人，故能成其众……"意思是希望尽可能多地接纳人才。

【赏析】

《短歌行》是汉乐府的旧题，属于《相和歌辞・平调曲》。本诗的主题非常明确，就是希望有大量人才来为自己所用。曹操在其政治活动中，为了扩大他在庶族地主中的统治基础，打击世袭豪强势力，曾大力强调"唯才是举"，为此而先后发布了《求贤令》《举士令》《求逸才令》等；而《短歌行》实际上就是一曲《求贤歌》，又因为运用了诗歌的形式，含有丰富的抒情成分，所以能起到独特的感染作用，有力地宣传了他所坚持的主张，配合了他所颁发的政令。

阅读这首诗，重点要把握它的艺术特色，一是巧用典故，一是巧用比兴。

巧用的典故有四处。第一处"青青子衿，悠悠我心"出自《诗经・郑风・子衿》，比喻渴慕贤才。本意是传达恋爱中的女子对情人爱怨和期盼的心情，这里诗人化用诗意，比喻热烈期待贤士的到来，古朴深沉，自然妥帖。第二处"呦呦鹿鸣，食野之苹。我有嘉宾，鼓瑟吹笙"出自《诗经・小雅・鹿鸣》，表达贤才若来投奔于己，必将极尽礼节招待他。第三处"山不厌高，海不厌深"出自《管子・形解》，海纳百川，诚心纳英才，希望接纳的人才越多越好。第四处"周公吐哺,天下归心"出自《韩诗外传》,作者以周公自比,反复倾诉了求贤若渴的迫切心情,表明了为完成统一大业而不遗余力的真诚态度。

巧用比兴在以下三处:一是"譬如朝露,去日苦多"比喻人生美好的时光何其短暂。"明明如月,何时可掇"两句喻得不到贤才的忧思不可断绝。"月明星稀,乌鹊南飞"喻贤士们还没有归宿。二是"绕树三匝,何枝可依"喻贤才尚在徘徊并急于寻找可依托的明主,流露出诗人唯恐贤士不来的焦急心情。三是"山不厌高,海不厌深。周公吐哺,天下归心"以山高海深比招纳人才的博大胸怀,用以虚心待贤的周公自比,表示自己像周公一样厚遇贤士,使天下人才都心悦诚服地归顺。

总的来说,《短歌行》正像曹操《蒿里行》《对酒》《苦寒行》等诗作一样,是政治性很强的诗歌,主要是为曹操当时所实行的政治路线和政治策略服务的;然而,政治内容和意义却完全熔铸在浓郁的抒情意境之中。全诗充分发挥了诗歌创作的特长,准确而巧妙地运用了比兴手法,来达到寓理于情、以情感人的目的。

【思考】

"酒"是一个很多人感兴趣的话题,是中国文化中不可或缺的组成部分。中国古代文人与酒有着不解之缘,也为我们留下了许多与酒有关的诗文名句。回顾一下,哪些诗文中有酒的例子?

十五　行路难(其一)

[唐] 李白

【导言】

公元742年(天宝元年),李白奉诏入京,担任翰林供奉。李白本是个积极入仕的人,他才高志大,很想像管仲、张良、诸葛亮等杰出人物一样干一番大事业,可是入京后,却没被唐玄宗重用,还受到权臣的谗毁排挤,两年后被"赐金放还",变相撵出了长安。李白被逼出京,朋友们都来为他饯行,求仕无望的他深感仕路的艰难,满怀愤慨地写下了此篇《行路难》。

金樽清酒斗十千[1],玉盘珍羞直万钱[2]。
停杯投箸不能食[3],拔剑四顾心茫然。

欲渡黄河冰塞川,将登太行雪满山。
闲来垂钓碧溪上,忽复乘舟梦日边[4]。
行路难! 行路难! 多歧路,今安在[5]?
长风破浪会有时[6],直挂云帆济沧海[7]。

[选自彭定求等《全唐诗(上)》,上海古籍出版社 1986 年版]

【注释】

[1] 樽(zūn):古代盛酒的器具,以金为饰。清酒:清醇的美酒。斗十千:一斗值十千钱(即万钱),形容酒美价高。

[2] 珍羞:珍贵的菜肴。羞,通"馐",美味的食物。直:通"值",价值。

[3] 箸(zhù):筷子。

[4] 闲来垂钓碧溪上,忽复乘舟梦日边:这两句暗用典故。姜太公吕尚曾在渭水的磻溪上钓鱼,得遇周文王,助周灭商;伊尹曾梦见自己乘船从日月旁边经过,后被商汤聘请,助商灭夏。这两句表示诗人自己对从政仍有所期待。

[5] 多歧路,今安在:岔道这么多,如今身在何处? 安,哪里。

[6] 长风破浪:比喻实现政治理想。据《宋书·宗悫传》载:宗悫少年时,叔父宗炳问他的志向,他说:"愿乘长风破万里浪。"

[7] 云帆:高高的船帆。船在海里航行,因天水相连,船帆好像出没在云雾之中。

【赏析】

诗中写世路艰难,反映了政治上遭遇挫折后,诗人内心强烈的苦闷、愤郁和不平;同时又表现了诗人的倔强、自信和对理想的执着追求,展示了诗人力图从苦闷中挣脱出来的强大精神力量。

诗的前四句写朋友出于对李白的深厚友情,出于对这样一位天才被弃置的惋惜,不惜金钱,设下盛宴为之饯行。"嗜酒见天真"的李白,要是在平时,因为这美酒佳肴,再加上朋友的一片盛情,肯定是会"一饮三百杯"的。然而,这一次他端起酒杯,却又把酒杯推开了;拿起筷子,却又把筷子撂下了。他离开座席,拔下宝剑,举目四顾,心绪茫然。"停""投""拔""顾"四个连续动作与"金""清""玉""珍"形成鲜明的对比。这就能让我们感受到诗人极度愤懑、抑郁不舒的心情。

接着两句紧承"心茫然",正面写"行路难"。这两句用了比喻的修辞,"冰塞川""雪满山"象征了人生道路艰难险阻。李白本是个积极入世的人,他才高志大,很想像管仲、张良、诸葛亮等历史上杰出人物一样,干一番宏大的事业,可是受诏入京后,皇帝却没有重用,而且受到权臣的谗毁排挤,被"赐金放还",变相撵出了长安,这不正像遇到冰塞黄河、雪拥太行吗? 但是李白并不是那种软弱性格的人,从"拔剑四顾"开始,就表示不甘消沉,而要继续追求。"闲来垂钓碧溪上,忽复乘舟梦日边。"诗人在心境茫然之中,忽然想到两位开始在政治上并不顺利,而最后终于大有作为的人物:一位是吕尚,九十岁在磻溪钓鱼，得遇文王；一位是伊尹，在受商汤聘前曾梦见自己乘舟绕日月而过。想到这两位历史人物的经历，诗人又增加了信心。

"行路难！行路难！多歧路，今安在？"这四句节奏短促，反复感叹自己过去坎坷不平的人生道路，表现出进退失据而又不甘自弃，继续探索寻求出路的复杂心理。吕尚、伊尹的遇合，固然增加了诗人对未来的信心，但当他的思路回到眼前现实中来的时候，又再一次感到人生道路的艰难。

最后两句"长风破浪会有时，直挂云帆济沧海"，是说哪怕面前的道路险峻而多歧，诗人仍然相信终有一天将破长风万里浪，渡过大海，直达理想彼岸。突出表现了诗人准备冲破一切阻力，去施展自己抱负的豪迈气概和乐观精神。这是诗人唱出的最强音。

这首诗一共十四句，八十二个字，在七言歌行中只能算是短篇，但它跳荡纵横，具有长篇的气势格局。其重要的原因之一，就在于它百步九折地揭示了诗人感情的激荡起伏、复杂变化。诗的一开头，"金樽美酒""玉盘珍羞"，让人感觉似乎是一个欢乐的宴会，但紧接着"停杯投箸""拔剑四顾"两个细节，就显示了感情波涛的强烈冲击。中间四句，刚刚慨叹"冰塞川""雪满山"，又恍然神游千载之上，仿佛看到了吕尚、伊尹由微贱而忽然得到君主重用。诗人心理上的失望与希望、抑郁与追求，急遽变化交替。"行路难！行路难！多歧路，今安在？"四句节奏短促、跳跃，完全是急切不安状态下的内心独白，逼真地传达出进退失据而又要继续探索追求的复杂心理。结尾两句，经过前面的反复回旋以后，境界顿开，唱出了高昂乐观的调子，相信自己的理想抱负总有实现的一天。这样层层叠叠的感情起伏变化，既充分显示了黑暗污浊的政治现实对诗人宏大理想抱负的阻遏，反映了由此而引起的诗人内心的强烈苦闷、愤郁和不平，同时又突出表现了诗人的倔强、自信和对理想的执着追求，展示了诗人力图从苦闷中挣脱出来的强大精神力量。

【思考】

纵观全诗，诗人的人生态度是怎样的？

十六　兵车行[1]

［唐］杜甫

【导言】

《兵车行》是杜甫创作的叙事诗。全诗以"道旁过者问行人"为界分为两段：首段摹写送别的惨状，是纪事；次段传达征夫的诉苦，是纪言。此诗具有深刻的思想内容，借征夫对老人的答话，倾诉了人民对战争的痛恨，揭露了唐玄宗长期以来的穷兵黩武，连年征战，给人民造成的巨大灾难。全诗寓情于叙事之中，在叙述次序上参差错落，前后呼应，变化开阖，井然有序，并巧妙运用过渡句和习用词语，造成了回肠荡气的艺术效果。诗人自创乐府新题写时事，为中唐时期兴起的新乐府运动做出了开创性的贡献。

车辚辚[2]，马萧萧[3]，行人弓箭各在腰[4]。耶娘妻子走相送[5]，尘埃不见咸阳桥[6]。牵衣顿足拦道哭，哭声直上干云霄[7]。

道旁过者问行人[8]，行人但云点行频[9]。或从十五北防河[10]，便至四十西营田[11]。去时里正与裹头[12]，归来头白还戍边[13]。边庭流血成海水[14]，武皇开边意未已[15]。君不闻，汉家山东二百州[16]，千村万落生荆杞[17]。纵有健妇把锄犁，禾生陇亩无东西[18]。况复秦兵耐苦战[19]，被驱不异犬与鸡。长者虽有问[20]，役夫敢申恨[21]？且如今年冬，未休关西卒[22]。县官急索租[23]，租税从何出？

信知生男恶[24]，反是生女好。生女犹得嫁比邻[25]，生男埋没随百草。君不见，青海头[26]，古来白骨无人收。新鬼烦冤旧鬼哭[27]，天阴雨湿声啾啾[28]。

[选自彭定求等《全唐诗（上）》，上海古籍出版社1986年版]

【注释】

[1] 兵车行：杜甫自创的乐府新题。行，本是乐府歌曲中的一种体裁。

[2] 辚（lín）辚：车行走时的声音。

[3] 萧萧：马蹄声。

[4] 行人：从军出征的人。

[5] 耶娘妻子：父亲、母亲、妻子、儿女的并称。从军的人既有十几岁的少年，也有四十多岁的成年人，所以送行的人有出征者的父母，也有出征者的妻子和孩子。耶，同“爷”，父亲。

[6] 咸阳桥：又叫便桥，汉武帝时建，唐代称咸阳桥，后来称渭桥，在咸阳城西渭水上，是长安西行必经的大桥。

[7] 干（gān）：冲。

[8] 过者：路过的人。这里指诗人自己。

[9] 点行频：点名征兵频繁。点行，按户籍名册强征服役。

[10] 或从十五北防河：有的人从十五岁就从军到西北区防河。唐玄宗时，吐蕃常于秋季入侵，抢掠百姓的收获。为抵御侵扰，唐王朝每年征调大批兵力驻扎河西(今甘肃河西走廊)一带，叫"防秋"或"防河"。

[11] 营田：即屯田。戍守边疆的士卒，不打仗时须种地以自给，称为营田。

[12] 里正：唐制凡百户为一里，置里正一人管理。与裹头：给他裹头巾。新兵入伍时须着装整齐，因年纪小，自己还裹不好头巾，所以里正帮他裹头。

[13] 戍边：守卫边疆。

[14] 边庭：即边疆。血流成海水：形容战死者之多。

[15] 武皇开边意未已：武皇扩张领土的意图仍没有停止。武皇，汉武帝，这里借指唐玄宗。唐诗中常借武皇代指玄宗。开边，用武力扩张领土。

[16] 汉家山东二百州：汉朝秦地以东的二百个州。汉家，汉朝，这里借指唐朝。山东，古代秦居西方，秦地以东(或函谷关以东)统称"山东"。唐代函谷关以东共217州，这里说"二百州"是举其整数。

[17] 千村万落生荆杞：成千上万的村落灌木丛生。这里形容村落的荒芜。荆杞，荆棘和枸杞，泛指野生灌木。

[18] 禾生陇亩无东西：庄稼长在田地里不成行列。陇亩，田地。陇，同"垄"。无东西，不成行列。

[19] 况复秦兵耐苦战：更何况关中兵能经受艰苦的战斗。况复，更何况。秦兵，关中兵，即这次出征的士兵。

[20] 长者：对老年人的尊称。这里是说话者对杜甫的称呼。

[21] 役夫敢申恨：我怎么敢申诉怨恨呢？役夫，应政府兵役的人，这里是说话者的自称之词。敢，副词，用于反问，这里是"岂敢"的意思。申恨，诉说怨恨。

[22] 关西卒：函谷关以西的士兵，即秦兵。

[23] 县官：这里指官府。

[24] 信知：确实知道。

[25] 犹得嫁比邻：还能够嫁给同乡。得，能够。比邻，同乡。

[26] 青海头：指今青海省青海湖边。唐和吐蕃的战争，经常在青海湖附近进行。

[27] 烦冤：不满，愤懑。

[28] 啾啾：象声词，形容凄厉的叫声。

【赏析】

杜甫是我国文学史上伟大的现实主义诗人。他的诗不仅内容丰富、时代色彩鲜明，而且充满着对人民的深切同情与无限关爱。他经历了开元盛世，也经历了安史之乱。特别是安史之乱前后二十年间，杜甫不但不能实现他的政治抱负，而且过着"朝扣富儿门，暮随肥马尘"的屈辱生活，以致经常挨饿受冻。生活折磨了杜甫，也成全了杜甫，使他逐渐深入人民生活，看到人民的疾苦，也看到统治阶级的罪恶，使他更加坚定地站在人民一边，成为人民的代言人，从而写出了《兵车行》这样的现实主义力作。

“行”是乐府歌曲的一种体裁。杜甫的《兵车行》没有沿用古题，而是缘事而发，即事名篇，自创新题，运用乐府民歌的形式，深刻地反映人民的苦难生活。《兵车行》借征夫与老人的答话，倾诉了人民对战争的痛恨和战争所带来的痛苦。地方官吏在这样的情况下还要横征暴敛，百姓更加痛苦不堪。这是诗人深切地了解民间疾苦和对人民寄予深刻同情的名篇之一。

诗人开篇就浓墨重彩地描绘了一幅悲壮的画面：战车隆隆滚过，战马萧萧嘶鸣。从军出征的人佩带好弓箭，浩浩荡荡向西北进发。爷娘妻子在浩荡的队伍中寻找自己的亲人，奔走相告。车马人流，尘土飞扬。这是怎样一个悲壮的场面。“牵衣顿足拦道哭，哭声直上干云霄”，队伍在缓缓向前，亲人们的心早已碎了。嗷嗷待哺的儿女拽着父亲的衣角，心碎绝望的妻子捶胸顿足，年迈体衰的父母干脆拦在进发的大道上，号啕大哭，呼天抢地。在这一刻，与其说是生离，不如说是死别。

第二节，诗人借“行人”之口道出了千万征夫戍卒的相同或相似的遭遇。在众多的役夫中，有的只有15岁，有的甚至还小，连头巾都不能自裹，还需里正代为裹头。长期的黩武战争，大量人员死亡，血流成海。为了补充兵力，只得到处抓人。不论年龄大小，就是老妇人也不放过，这在《石壕吏》中反映最为强烈。连年征战带来的后果是广大地区人烟稀少。即使有几个妇人辛勤劳作，地里的庄稼也是稀稀疏疏，不成行列。面对萧条、荒凉的村村落落，诗人愤恨交加，想借问役夫，让他们说出心中的苦痛！然而，这些被驱遣的役夫，怎敢申诉心中的怨恨，只能以眼前事说说而已。

第三节前四句为作者感叹之词。“信知生男恶，反是生女好”，要知道，重男轻女的思想在百姓中已根深蒂固，现在人们却一反常态，喜女恶男。这是为什么呢？“生女犹得嫁比邻，生男埋没随百草。”紧接着，诗人以眼前实例加以佐证。青海湖边，“古来白骨无人收”。作者以呜咽凄惨的鬼哭来收束全诗，与开头的人哭形成鲜明的对照，揭示了这种无谓的开边战争给人们带来的巨大灾难。

这首诗是讽世伤时之作，也是杜诗中的名篇，为历代所推崇。诗旨在讽刺唐玄宗穷兵黩武给人民带来的莫大灾难，充满非战色彩。

【思考】

篇末“君不见青海头，古来白骨无人收。新鬼烦冤旧鬼哭，天阴雨湿声啾啾”描写战场景象，诗人怎样使之具有更丰富的内涵？

十七 破阵子·为陈同甫赋壮词以寄之[1]

[宋] 辛弃疾

【导言】

辛弃疾(1140—1207),南宋词人。字幼安,号稼轩。历城(今山东济南)人。二十一岁参加抗金义军,曾任耿京军的掌书记,不久投归南宋。历任江阴签判,建康通判,江西提点刑狱,湖南、湖北转运使,湖南、江西安抚使等职。四十二岁遭谗落职,退居江西信州,长达二十年之久,其间一度起为福建提点刑狱、福建安抚使。六十四岁再起为浙东安抚使、镇江知府,不久罢归。一生力主抗金北伐,并提出有关方略,均未被采纳。其词热情洋溢、慷慨激昂,富有爱国感情。有《稼轩长短句》以及今人辑本《辛稼轩诗文钞存》。词存六百二十九首。

《历代词余》卷一一八引《古今词话》说此词为"陈亮过稼轩,纵谈天下事"别后所作,当时辛弃疾失意闲居信州。词中反映词人念念不忘少年时期抗金的战斗生活及其坚持恢复祖国河山,建功立业的壮志,结尾抒发了壮志未酬的悲愤心情。

醉里挑灯看剑[2],梦回吹角连营[3]。八百里分麾下炙[4],五十弦翻塞外声[5]。沙场秋点兵[6]。

马作的卢飞快[7],弓如霹雳弦惊[8]。了却君王天下事[9],赢得生前身后名[10]。可怜白发生[11]!

(选自王烈夫《宋代诗词名作注解析译》,武汉大学出版社1994年版)

【注释】

[1] 陈同甫:即陈亮(1143—1194),字同甫(一作同父),南宋婺州永康(今属浙江)人。与辛弃疾志同道合,结为挚友。其词风格与辛词相似。

[2] 挑灯:把灯芯挑亮。看剑:抽出宝剑来细看。刘斧《青琐高议》卷三载高言《干

友人诗》:“男儿慷慨平生事,时复挑灯把剑看。”

[3] 梦回:梦里遇见,说明下面描写的战场场景,不过是词人旧梦重温。吹角连营:各个军营里接连不断地响起号角声。角:军中乐器,长五尺,形如竹筒,用竹、木、皮、铜制成,外加彩绘,名曰画角。始仅直吹,后用以横吹,其声哀厉高亢,闻之使人振奋。

[4] 八百里:牛名。《世说新语·汰侈》篇:“王君夫(恺)有牛,名八百里驳,常莹其蹄角。王武子(济)语君夫:‘我射不如卿,今指赌卿牛,以千万对之。’君夫既恃手快,且谓骏物无有杀理,便相然可,令武子先射。武子一起便破的,却据胡床,叱左右速探牛心来。须臾,炙至,一脔便去。”分麾(huī)下炙(zhì):把烤牛肉分赏给部下。麾下,部下。麾,军中大旗。炙,切碎的熟肉。

[5] 五十弦:原指瑟,此处泛指各种乐器。《史记·封禅书》:“太帝使素女鼓五十弦瑟,悲,帝禁不止,故破其瑟为二十五弦。”李商隐《锦瑟》诗:“锦瑟无端五十弦,一弦一柱思华年。”翻:演奏。塞外声:指悲壮粗犷的战歌。

[6] 沙场:战场。秋:古代点兵用武,多在秋天。点兵:检阅军队。

[7] “马作”句:战马像的卢马那样跑得飞快。作:像……一样。的卢:良马名,一种烈性快马。刘备在荆州遇难,所乘马名的卢“一跃三丈”,助其脱离险境。

[8] “弓如”句:《南史·曹景宗传》:“景宗谓所亲曰:‘我昔在乡里,骑快马如龙,与年少辈数十骑,拓弓弦作霹雳声,箭如饿鸱叫……此乐使人忘死,不知老之将至。’”霹雳:本是疾雷声,此处比喻弓弦响声之大。

[9] 了却:了结,把事情做完。君王天下事:统一国家的大业,此特指恢复中原事。

[10] 赢得:博得。身后:死后。

[11] 可怜:可惜。

【赏析】

这是辛弃疾寄好友陈亮(陈同甫)的一首词,词中回顾了他当年在山东和耿京一起领导义军抗击金兵的情形,描绘了义军雄壮的军容和英勇战斗的场面,也表现了词人不能实现收复中原的理想的悲愤心情。

上片写军容的威武雄壮。开头两句写词人喝酒之后,兴致勃勃,拨亮灯火,拔出身上佩带的宝剑,仔细地抚视着。当他从梦中醒来的时候,还听到四面八方的军营里,接连响起号角声。三、四、五句写许多义军都分到了烤熟的牛肉,乐队在边塞演奏起悲壮苍凉的军歌。自己在秋天的战场上,检阅着全副武装、准备战斗的部队。

下片前两句写义军在作战时,奔驰向前,英勇杀敌;弓弦发出霹雳般的响声。战士所骑的马,都像的卢马一样好。“了却君王天下事”,指完成恢复中原的大业。“赢得生前身后名”指他这一生要为抗金复国建立功业。这表现了词人奋发有为的积极思想。最后一句“可怜白发生”,反映了词人的理想与现实的矛盾。

这首词气势磅礴,充满了鼓舞人心的壮志豪情。

【思考】

根据你所掌握的历史知识,想想"了却君王天下事"中的"天下事"指的是什么。

十八　一剪梅·舟过吴江[1]

[宋]蒋捷

【导言】

蒋捷(约1245—1305),字胜欲,号竹山,宋末元初阳羡(今江苏宜兴)人。先世为宜兴巨族,咸淳十年(1274)进士。南宋亡,入元不仕,深怀亡国之痛,隐居太湖竹山,人称"竹山先生""樱桃进士",其气节为时人所重。长于词,与周密、王沂孙、张炎并称"宋末四大家"。其词多抒发故国之思、山河之恸,风格多样,而以悲凉清俊、萧寥疏爽为主。尤以造语奇巧之作,在宋末词坛上独标一格。代表作有《贺新郎·秋晓》《贺新郎·约友三月旦饮》《贺新郎·吴江》《贺新郎·梦冷黄金屋》《贺新郎·兵后寓吴》《沁园春·为老人书南堂壁》等。其词内容较为广泛,颇有追昔伤今之作,构思新颖,色彩明快,音节嘹亮。有《竹山词》一卷。

宋亡,词人深怀亡国之痛,隐居姑苏一带太湖之滨,漂泊不仕。此词为词人乘船经过吴江县时,借春光明艳的风景以反衬自己羁旅不定的生活所作的一首词。全词以首句的"春愁"为核心,用"点""染"结合的手法,选取典型景物和情景层层渲染,写出了词人伤春的情绪及久客异乡的思归之情。

一片春愁待酒浇[2]。江上舟摇,楼上帘招[3]。秋娘渡与泰娘桥[4],风又飘飘,雨又萧萧[5]。

何日归家洗客袍?银字笙调[6],心字香烧[7]。流光容易把人抛,红了樱桃,绿了芭蕉。

(选自唐圭璋《唐宋词鉴赏辞典》,上海辞书出版社1988年版)

【注释】

［1］吴江：今属江苏苏州。

［2］浇：浸灌，消除。

［3］帘招：指酒旗。

［4］秋娘渡：指吴江的渡口。秋娘，唐代歌伎常用名，或有用以通称善歌貌美之歌伎者。又称杜仲阳，为唐德宗时镇海军节度使李锜侍女。渡：一本作"度"。泰娘桥：指吴江的桥。桥，一本作"娇"。

［5］萧萧：象声词，雨声。

［6］银字笙调：调弄有银字的笙。银字笙，管乐器的一种。

［7］心字香烧：点熏炉里心字形的香。

【赏析】

这是一首写在离乱颠簸的流亡途中的心曲。

起笔点题，指出时序，点出"春愁"的主旨。"一片春愁待酒浇"，"一片"言愁闷连绵不断。"待酒浇"，是急欲要排解愁绪，表现了愁绪之浓。随之以白描手法描绘了"舟过吴江"的情景："江上舟摇，楼上帘招。秋娘渡与泰娘桥，风又飘飘，雨又萧萧"，这"江"即吴江。这江村小酒店或许写有"太白一醉"字样的青布帘招知词人，可来醉乡小憩。在这一"摇"一"招"之间，词人的愁绪略淡。可是当江上小舟载着这薄醉之人继续行去，醉眼惺忪中映入"秋娘渡与泰娘桥"的景色时，风吹酒醒，雨滴心帘，只觉风入骨，雨寒心。转而"愁"复涨，而且愈涨愈高。情绪的起伏就是如此激转湍旋。词人漂泊思归，偏逢上连阴天气。这里用当地的特色景点和凄清、伤悲气氛对愁绪进行了渲染。"风又飘飘，雨又萧萧"的句式是一种暗示法的句式，是某种特定心态借助意象的表现方法。它让人可以产生听觉上的风声雨声，视觉上的潇潇绵绵、飘飘扬扬，触觉上的寒意、潮意、湿润意，一直到心态上的感知：酸辛感、苦涩感。

"何日归家洗客袍？银字笙调，心字香烧。"首句点出"归家"的情思，"何日"道出对漂泊的厌倦和归家的迫切。想象归家后的温暖生活，思归的心情更加急切。"何日归家"四字，管着后面的三件事：洗客袍、调笙和烧香。"客袍"，旅途穿的衣服；调笙，调弄有银字的笙；烧香，点熏炉里心字形的香。这里采用了反衬的手法，词人想象归家之后的情景：结束旅途的劳顿，换去客袍；享受家庭生活的温馨，娇妻调弄起镶有银字的笙，点燃熏炉里心字形的香。以极想归家之后佳人陪伴之乐来反衬思归之情。"银字"和"心字"给词人所向往的家庭生活增添了美好、和谐的意味，与词人的凄苦形象对比，突出思归的心绪。

最后三句非常精妙。"流光容易把人抛"，指时光流逝之快。"红了樱桃，绿了芭蕉"，一"红"一"绿"，将春光渐渐消逝于初夏的来临中这个过程充分表现了出来。这是时序的暗示。但细加辨味，芭蕉叶绿，樱桃果红，花落花开，回黄转绿，大自然一切可以年年如此，衰而盛，盛而衰，可是绿肥红瘦对人来说意味着青春不再，盛世难逢。再进一步推去，家国一旦破败，还能重见吗？“流光容易把人抛”，怎样抛？本极抽象，现今以“红了樱桃，绿了芭蕉”明示出来。词人抓住夏初樱桃成熟时颜色变红，芭蕉叶子由浅绿变为深绿这一现象，把看不见的时光流逝转化为可以捉摸的形象，抒发了年华易逝、人生易老的感叹。

全词逐句押韵，读起朗朗上口，节奏铿锵，大大地增强了词的表现力。这个节奏感极强的思归曲，读后让人有“余音绕梁，三日不绝”的意味。

【思考】

赏析名句：“流光容易把人抛，红了樱桃，绿了芭蕉。”

十九　雨　巷

戴望舒

【导言】

戴望舒(1905—1950)，名承，字朝安，小名海山，杭县(今属浙江杭州)人。曾用笔名梦鸥、梦鸥生、信芳、江思等。中国现代派象征主义诗人、翻译家。他先后在鸳鸯蝴蝶派的刊物上发表过三篇小说：《债》《卖艺童子》和《母爱》，曾经和杜衡、张天翼和施蛰存等人成立了一个名谓“兰社”的文学小团体，创办了《兰友》旬刊。

《雨巷》写于1927年夏天，血腥的“四·一二”大屠杀之后。诗人时年22岁。曾因投身革命而被捕的诗人，面对笼罩全国的白色恐怖，在痛苦中陷入了彷徨迷惘。个性的轻柔、忧郁和时代的重压，使《雨巷》成为现实黑暗和理想幻灭在诗人心中的投影，贮满了彷徨失望和感伤痛苦的情绪。

撑着油纸伞，独自
彷徨在悠长，悠长
又寂寥的雨巷，

我希望逢着
一个丁香一样的
结着愁怨的姑娘。
她是有
丁香一样的颜色，
丁香一样的芬芳，
丁香一样的忧愁，
在雨中哀怨，
哀怨又彷徨；
她彷徨在这寂寥的雨巷，
撑着油纸伞
像我一样，
像我一样地
默默彳亍着[1]，
冷漠，凄清，又惆怅[2]。
她静默地走近
走近，又投出
太息一般的眼光[3]，
她飘过
像梦一般的，
像梦一般的凄婉迷茫。
像梦中飘过
一枝丁香的，
我身旁飘过这女郎；
她静默地远了，远了，
到了颓圮的篱墙[4]，
走尽这雨巷。
在雨的哀曲里，
消了她的颜色，
散了她的芬芳
消散了，甚至她的
太息般的眼光，
丁香般的惆怅[5]。
撑着油纸伞，独自

彷徨在悠长,悠长
又寂寥的雨巷,
我希望飘过
一个丁香一样的
结着愁怨的姑娘。

(选自江少川《高等语文》,高等教育出版社2006年版)

【注释】

[1] 彳亍(chìchù):小步慢走的样子。
[2] 惆怅(chóuchàng):伤感,失意。
[3] 太息:出声叹息。
[4] 颓圮(tuípǐ):倒塌。

【赏析】

《雨巷》是戴望舒的成名作和前期的代表作,他曾因此而赢得了"雨巷诗人"的雅号。

《雨巷》在艺术上的一个重要特色是运用了象征主义的方法。象征主义是19世纪末法国诗歌中崛起的一个艺术流派。在表现方法上,强调用暗示、隐喻等手段表现内心瞬间的感情。戴望舒早期的创作也明显地受了法国象征派的影响。他的创作的一个重要特点,就是注意挖掘诗歌暗示、隐喻的能力,在象征性的形象和意境中抒情。《雨巷》就体现了这种艺术上的特点。诗里那撑着油纸伞的诗人,那寂寥悠长的雨巷,那像梦一般地飘过有着丁香一般忧愁的姑娘,并非真实生活本身的具体写照,而是充满象征意味的抒情形象。我们不一定能够具体说出这些形象所指的全部内容,但我们可以体味这些形象所抒发的朦胧的诗意。那个社会现实的气氛,那种寂寞徘徊的心境,那种追求而不可得的希望,在《雨巷》描写的形象里,既明白又朦胧、既确定又飘忽地展示在读者眼前。想象创造了象征,象征扩大了想象。这样以象征方法抒情的结果,使诗人的感情、心境表现得更加含蓄蕴藉,也给读者留下了驰骋想象的广阔天地,感到诗的余香和回味。

《雨巷》朦胧而不晦涩,"我"是一个梦的追寻者。忧郁的情调是基于对有限生命的自我意识、对感性存在有限的超脱。丁香姑娘是诗人理想中的自我——超越现实的自我,是对未来的期冀,是对同路人的呼唤。丁香姑娘和"我"一样哀怨又彷徨,"彷徨"不仅仅意味着迷茫,更阐释了寻找出路的执着,还给处在彷徨之际的人们以走向光明的启示与勇气,让我们在更深远的意义上去关切自身的生存价值和意义。

【思考】

按照《雨巷》一诗的情景,想想你心目中的"丁香姑娘"是什么形象。

二十　当你老了

［爱尔兰］威廉·巴特勒·叶芝

【导言】

威廉·巴特勒·叶芝(1865—1939),亦译“叶慈”“耶茨”,爱尔兰诗人、剧作家和散文家,著名的神秘主义者,是“爱尔兰文艺复兴运动”的领袖,也是艾比剧院(Abbey Theatre)的创建者之一。叶芝曾于1923年获得诺贝尔文学奖,获奖的理由是“以其高度艺术化且洋溢着灵感的诗作表达了整个民族的灵魂”。1934年,他和拉迪亚德·吉卜林共同获得古腾堡诗歌奖。

本诗是叶芝献给女友毛特·冈妮热烈而真挚的爱情诗篇。诗歌语言简明,但情感丰富真切。诗人采用了多种艺术表现手法,诸如假设想象、对比反衬、意象强调、象征升华,再现了诗人对女友忠贞不渝的爱恋之情,揭示了现实中的爱情和理想中的爱情之间不可弥合的距离。

当你老了,白发苍苍,睡意蒙眬,
在炉前打盹,请取下这本诗篇,
慢慢吟咏,梦见你当年的双眼,
那柔美的光芒与青幽的晕影;

多少人真情假意,爱过你的美丽,
爱过你欢乐而迷人的青春,
唯独一人爱过你朝圣者的心,
爱你日益凋谢的脸上的哀戚;

当你佝偻着,在灼热的炉栅边,
你将轻轻诉说,带着一丝伤感,

逝去的爱，如今已步上高山，
在密密星群里埋藏着它的赧颜。

（选自袁可嘉译《叶芝诗选》，湖南文艺出版社2012年版）

【赏析】

诗人写这首诗时，他所爱恋的对象正值青春年少，有着靓丽的容颜和迷人的风韵。人们常说，“哪个少女不善怀春，哪个少男不善钟情”，古往今来，爱情似乎总是与青春、美貌联系在一起。当人们沐浴在爱情的光辉中，脑海里只有当下，总是潜藏着一种拒绝时间、拒绝变化，将瞬间化为永恒的欲望。而诗人偏要穿越悠远的时光隧道，想到红颜少女的垂暮之年，想象她白发苍苍、身躯佝偻的样子。

对一位正享受青春之果的少女宣讲她的暮年，这太残酷了，就像对一个刚出世的儿童说他一定要死一样，但这却是不可抗拒的自然规律。诗人这样写并非只是要向她说出这个“真理”，而是要通过这种方式向她表达自己的爱。诗人仿佛是一个孤独者，远远地却又执着地注视着、爱恋着那位被人们众星捧月的姑娘，向她献出自己独特却真正弥足珍贵的爱情，因为别人或真情或假意的爱，只是爱她的容颜，独有诗人爱着她高贵的灵魂。红颜易老，青春难留，而少女高贵的灵魂、内在的美丽却会在岁月的流逝中永驻，就像酒，藏之愈久，味之弥醇，因而诗人的爱情也得以超越时光，超越外在的美丽。

这首爱情诗是独特的，其独特来自诗人独特而真挚的情感，没有这种情感，刻意去别出心裁，只会让人觉得做作。因而，本诗与其说是诗人在想象中讲述少女的暮年，不如说是诗人在向少女、向滔滔流逝的岁月剖白自己天地可鉴的真情。从这个意义上讲，打动我们的正是诗中流溢出的那股哀伤无望却又矢志无悔的真挚情感。

整首诗韵律齐整，语言简明，意境优美。诗里没有华丽的辞藻，朴素平淡的文字背后却潜藏着磅礴的情感。诗人在诗中表达出来的情感轨迹正可比喻为一条河流：先是在峡谷奔流，尔后汇入大江，最后平静地消失在大海中。但是，就在平静的海水下面，相信一定有滚滚波涛，埋葬着他全部的希望、失望和绝望。任何一个青春的心都不会也不情愿去面对苍老，靠近死亡、层叠的皱纹、如银的白发，这是一种怎样的沉重？然而年轻的叶芝却站在时间的这一头，始终以一种平静的、娓娓的语调来叙说、想象老去后的情景，将自己对女友的爱恋之情表达得淋漓尽致。

【思考】

这首诗表达的爱情观是什么？除去爱情，我们还能从诗中解读出什么主旨？

言为心声

二十一　废园外

巴　金

【导言】

巴金(1904—2005),原名李尧棠,字芾甘,另有笔名佩竿、极乐、黑浪、春风等。汉族,四川成都人,祖籍浙江嘉兴。中国作家、翻译家、社会活动家、无党派爱国民主人士。1927年完成第一部中篇小说《灭亡》,1929年在《小说月报》发表后引起强烈反响。主要作品有《死去的太阳》《新生》《砂丁》《索桥的故事》《萌芽》和著名的"激流三部曲"(《家》《春》《秋》),1931年在《时报》上连载著名的长篇小说"爱情三部曲"(《雾》《雨》《电》)。1982年获"国际但丁文学奖"。有散文集《随想录》(包括《随想录》《探索集》《真话集》《病中集》《无题集》)。《家》是作者的代表作,也是我国现代文学史上最卓越的作品之一。

晚饭后出去散步,走着走着又到了这里来了。

从墙的缺口望见园内的景物,还是一大片欣欣向荣的绿叶。在一个角落里,一簇深红色的花盛开,旁边是一座毁了的楼房的空架子。屋瓦全震落了,但是楼前一排绿栏杆还摇摇晃晃地悬在架子上。

我看看花,花开得正好,大的花瓣,长的绿叶。这些花原先一定是种在窗前的。我想,一个星期前,有人从精致的屋子里推开小窗眺望园景,赞美的眼光便会落在这一簇花上。也许还有人整天倚窗望着园中的花树,把年轻人的渴望从眼里倾注在红花绿叶上面。

但是现在窗没有了,楼房快要倒塌了。只有园子里还盖满绿色。花还在盛开。倘使花能够讲话,它们会告诉我,它们所看见的窗内的面颜,年轻的,中年的。是的,年轻的面颜,可是,如今永远消失了。因为花要告诉我的不止这个,它们一定要说出八月十四日的惨剧。精致的楼房就是在那天毁了的。不到一刻钟的工夫,一座花园便成了废墟。

我望着园子,绿色使我的眼睛舒畅。废墟么?不,园子已经从敌人的炸弹下复活了。在那些带着旺盛生命的绿叶红花上,我看不出一点被人践踏的痕迹。但是耳边忽然响起一个女人的声音:"陈家三小姐,刚才挖出来。"我回头看,没有人。这句话还是几天前,就是在惨剧发生后的第二天听到的。

那天中午我也走过这个园子,不过不是在这里,是在另一面,就是在楼房的后边。在那个中了弹的防空洞旁边,在地上或者在土坡上,我记不起了,躺着三具尸首,是用草席盖着的。中间一张草席下面露出一只瘦小的腿,腿上全是泥土,随便一看,谁也不会想到这是人腿。人们还在那里挖掘。远远地在一个新堆成的土坡上,也是从炸塌了的围墙缺口看进去,七八个人带着悲戚的面容,对着那具尸体发愣。这些人一定是和死者相识的吧。那个中年妇人指着露腿的死尸说:"陈家三小姐,刚才挖出来。"以后从另一个人的口里我知道了这个防空洞的悲惨故事。

一只带泥的腿,一个少女的生命。我不认识这位小姐,我甚至没有见过她的面颜。但是望着一园花树,想到关闭在这个园子里的寂寞的青春,我觉得心里被什么东西搔着似的痛起来。连这个安静的地方,连这个渺小的生命,也不为那些太阳旗的空中武士所宽容。两三颗炸弹带走了年轻人的渴望。炸弹毁坏了一切,甚至这个寂寞的生存中的微弱的希望。这样地逃出囚笼,这个少女是永远见不到园外的广大世界了。

花随着风摇头,好像在叹息。它们看不见那个熟习的窗前的面庞,一定感到寂寞而悲戚吧。

但是一座楼隔在它们和防空洞的中间,使它们看不见一个少女被窒息的惨剧,使它们看不见带泥的腿。这我却是看见了的。关于这我将怎样向人们诉说呢?

夜色降下来,园子渐渐地隐没在黑暗里。我的眼前只有一片黑暗。但是花摇头的姿态还是看得见的。周围没有别的人,寂寞的感觉突然侵袭到我的身上来。为什么这样静?为什么不出现一个人来听我愤慨地讲述那个少女的故事?难道我是在梦里?

脸颊上一点冷,一点湿。我仰头看,落雨了。这不是梦。我不能长久立在大雨中。我应该回家了。那是刚刚被震坏的家,屋里到处都漏雨。

1941 年 8 月 16 日在昆明

(选自巴金《废园外》,文化生活出版社 1946 年版)

【赏析】

抗战时期,巴金流寓西南内地。《废园外》即是写于这一时期的散文名篇。它以貌似平淡的笔墨控诉了国民党反动政府消极抗日、积极反共政策给广大人民造成的物质与精神的双重痛苦,是一篇声讨日寇残杀无辜、荼毒生灵罪状的战斗檄文。文章首先为我们勾勒了一幅长有野花野草的废园图景,"一簇深红色的花盛开","一座毁了的楼房的空架子”。然后，作者荡开笔墨，由“一个女人的声音”引出惨剧发生后的情形。作者的高明之处在于，他并没有对战争本身的罪恶进行控诉，而是由人的青春、活力和自由以及作为最高价值形态的生命遭到任意践踏来表现战争的残酷与邪恶，从而引发我们对战争反人类本质的思考。

【思考】

1. 本文用了不少文字描绘花，你认为作者的意图是什么？
2. 联系上下文，谈谈对第 7 段中“这样地逃出囚笼”的理解。

二十二　一个防身药方的三味药（节选）

胡　适

【导言】

胡适（1891—1962），原名嗣穈，学名洪骍，字希疆，笔名胡适，字适之。著名思想家、文学家、哲学家。徽州绩溪人。以倡导白话文、领导新文化运动闻名于世。胡适一生的学术活动主要在文学、哲学、史学、考据学、教育学、红学几个方面，主要著作有《中国哲学史大纲》（上）《尝试集》《白话文学史》（上）和《胡适文存》（四集）等。他在学术上影响最大的是提倡“大胆假设，小心求证”的治学方法。

毕业班的诸位同学，现在都得离开学校去开始你们自己的事业了。今天的典礼，我们叫作“毕业”，叫作“卒业”，在英文里叫作“始业”（Commencement）。你们的学校生活现在有一个结束，现在你们开始进入一段新的生活，开始撑起自己的肩膀来挑自己的担子，所以叫作“始业”。

我今天承毕业班同学的好意，承间校长的好意，要我来说几句话。我进大学是在五十年前（1910 年），我毕业是在四十六年前（1914 年），够得上做你们的老大哥了。今天我用老大哥的资格，应该送你们一点小礼物。我要送你们的小礼物只是一个防身的药方，给你们离开校门，进入大世界，作随时防身救急之用的一个药方。

这个防身药方只有三味药：第一味药叫作“问题丹”。第二味药叫作“兴趣散”。第三味药叫作“信心汤”。

第一味药，“问题丹”，就是说：每个人离开学校，总得带一两个麻烦而有趣味的问题在身边做伴，这是你们入世的第一要紧的救命宝丹。

问题是一切知识学问的来源，活的学问、活的知识，都是为了解答实际上的困难，或理论上的困难而得来的。年轻入世的时候，总得有一个两个不大容易解决的问题在脑子里，时时向你挑战，时时笑你不能对付他，不能奈何他，时时引诱你去想他。

只要你有问题跟着你，你就不会懒惰了，你就会继续有知识上的长进了。

学堂里的书，你带不走；仪器，你带不走；先生，他们不能跟你去，但是问题可以跟你走到天边！有了问题，没有书，你自会省吃省穿去买书；没有仪器，你自会卖田卖地去买仪器！没有好先生，你自会找好师友；没有资料，你自会上天下地去找资料。

各位青年朋友，你今天离开学校，夹袋里准备了几个问题跟着你走？

第二味药，叫作“兴趣散”，这就是说：每个人进入社会，总得多发展一点专门职业以外的兴趣——“业余”的兴趣。

你们多数是学工程的，当然不愁找不到吃饭的职业，但四年前你们选择的专门职业，真是你们自己的自由志愿吗？你们现在还感觉你们手里的文凭真可以代表你们每个人终身的志愿、终身的兴趣吗？——换句话说，你们今天不懊悔吗？明年今天还不会懊悔吗？

你们在这四年里，没有发现什么新的、业余的兴趣吗？在这四年里，没有发现自己在本行以外的才能吗？

总而言之，一个人应该有他的职业，又应该有他的非职业的玩意儿。不是为吃饭而是心里喜欢做的，用闲暇时间做的这种非职业的玩意儿，可以使他的生活更有趣，更快乐，更有意思。有时候，一个人的业余活动也许比他的职业还更重要。

英国19世纪的两个哲学家，一个是弥尔，他的职业是东印度公司的秘书，他的业余工作使他在哲学上、经济学上、政治思想史上，都有很大的贡献。一个是斯宾塞，他是一个测量工程师，他的业余工作使他成为一个很有势力的思想家。

英国的大政治家丘吉尔，政治是他的终身职业，但他的业余兴趣很多，他在文学、历史两方面，都有大成就；他用余力作油画，成绩也很好。

今天到自由中国的贵宾，美国大总统艾森豪威尔先生，他的终身职业是军事。人们都知道他最爱打高尔夫球，但我们知道他的油画也很有功力。

各位青年朋友，你们的专门职业是不用愁的了，你们的业余兴趣是什么？你们能做的、爱做的业余活动是什么？

第三味药，我叫它作“信心汤”，这就是说，你总得有一点信心。

我们生存在这个年头，看见的、听见的，往往都是可以叫我们悲观、失望的——有时候竟可以叫我们伤心，叫我们发疯。

这个时代，正是我们要培养我们的信心的时候，没有信心，我们真要发狂自杀了。

我们的信心只有一句话："努力不会白费"，没有一点努力是没有结果的。

对你们学工程的青年人，我还用多举例来说明这种信心吗？工程师的人生哲学当然建筑在"努力不白费"的定律的基石之上。

古人说，"信心可以移山"，又说，"功不唐捐"（唐是空的意思），又说，"只要功夫深，生铁磨成绣花针"。

青年的朋友，你们有这种信心没有？

（选自胡适《课外阅读》，文化生活出版社2008年版）

【赏析】

本文为1960年6月18日胡适在台南成功大学毕业典礼上的演讲（有删减）。胡先生的"药"，告诉了即将毕业的学生，该如何让自己在社会中更好地生存和生活，即保持求知的兴趣，保持尝试的热情，保持永不放弃的毅力。

【思考】

1. 胡适在开篇说自己是毕业生的老大哥，这样开篇有什么好处？
2. 胡适把赠送毕业学生的三句良言称作"防身就急"用的"药方"。这一比喻具有怎样的含义？

二十三　傅雷家书两则

傅　雷

【导言】

傅雷（1908—1966），字怒安，号怒庵，汉族，上海市南汇县（现南汇区）人，翻译家、文艺评论家。20世纪60年代初，傅雷因在翻译巴尔扎克作品方面的卓越贡献，被法国巴尔扎克研究会吸收为会员。"文化大革命"期间，因受政治迫害，夫妇二人于1966年9月含冤而死。傅雷是非常优秀的翻译家，有人说"没有他，就没有巴尔扎克在中国"。他译介罗曼·罗兰的《约翰·克利斯朵夫》，深深影响了几代中国人。作为音乐鉴赏家，他写下了对贝多芬、莫扎特和肖邦的赏析。作为文学评论家,他对张爱玲小说的精湛点评,为学界做出了文本批评的典范。他写给长子傅聪的家书《傅雷家书》,自20世纪80年代出版至今,已经感动了数百万读者。

(一)

1954年10月2日

聪,亲爱的孩子。收到9月22日晚发的第六信,很高兴。我们并没为你前信感到什么烦恼或是不安。我在第八封信中还对你预告,这种精神消沉的情形,以后还是会有的。我是过来人,决不至于大惊小怪。你也不必为此担心,更不必硬压在肚里不告诉我们。心中的苦闷不在家信中发泄,又哪里去发泄呢?孩子不向父母诉苦向谁诉呢?我们不来安慰你,又该谁来安慰你呢?人一辈子都在高潮—低潮中浮沉,唯有庸碌的人,生活才如死水一般;或者要有极高的修养,方能廓然无累,真正的解脱。只要高潮不过分使你紧张,低潮不过分使你颓废,就好了。太阳太强烈,会把五谷晒焦;雨水太猛,也会淹死庄稼。我们只求心理相当平衡,不至于受伤而已。你也不是栽了筋斗爬不起来的人。我预料国外这几年,对你整个的人也有很大的帮助。这次来信所说的痛苦,我都理会得;我很同情,我愿意尽量安慰你、鼓励你。克利斯朵夫不是经过多少回这种情形吗?他不是一切艺术家的缩影与结晶吗?慢慢地你会养成另外一种心情对付过去的事:就是能够想到而不再惊心动魄,能够从客观的立场分析前因后果,做将来的借鉴,以免重蹈覆辙。一个人唯有敢于正视现实,正视错误,用理智分析,彻底感悟,才不至于被回忆侵蚀。我相信你逐渐会学会这一套,越来越坚强的。我以前在信中和你提过感情的ruin(伤,覆灭)创,就是要你把这些事当作心灵的灰烬看,看的时候当然不免感触万端,但不要刻骨铭心地伤害自己,而要像对着古战场一般的存着凭吊的心怀。倘若你认为这些话是对的,对你有些启发作用,那么将来在遇到因回忆而痛苦的时候(那一定免不了会再来的),拿出这封信来重读几遍。

(二)

1955年1月26日

早预算新年中必可接到你的信,我们都当作等待什么礼物一般地等着。果然昨天早上收到你来信,而且是多少可喜的消息。孩子!要是我们在会场上,一定会禁不住涕泗横流的。世界上最高的最纯洁的欢乐,莫过于欣赏艺术,更莫过于欣赏自己的孩子的手和心传达出来的艺术!其次,我们也因为你替祖国增光而快乐!更因为你能借音乐而使多少人欢笑而快乐!想到你将来一定有更大的成就,没有止境的进步,为更多的人更广大的群众服务,鼓舞他们的心情,抚慰他们的创痛,我们真是心都要跳出来了!能够把不朽的大师的不朽的作品发扬光大，传布到地球上每一个角落去，真是多神圣，多光荣的使命！孩子，你太幸福了，天待你太厚了。我更高兴的更安慰的是：多少过分的谀辞与夸奖，都没有使你丧失自知之明，众人的掌声、拥抱，名流的赞美，都没有减少你对艺术的谦卑！总算我的教育没有白费，你二十年的折磨没有白受！你能坚强（不为胜利冲昏了头脑是坚强的最好的证据），只要你能坚强，我就一辈子放了心！成就的大小、高低，是不在我们掌握之内的，一半靠人力，一半靠天赋，但只要坚强，就不怕失败，不怕挫折，不怕打击——不管是人事上的，生活上的，技术上的，学习上的——打击；从此以后你可以孤军奋斗了。何况事实上有多少良师益友在周围帮助你，扶掖你。还加上古今的名著，时时刻刻给你精神上的养料！孩子，从今以后，你永远不会孤独的了，即使孤独也不怕的了！

赤子之心这句话，我也一直记住的。赤子便是不知道孤独的。赤子孤独了，会创造一个世界，创造许多心灵的朋友！永远保持赤子之心，到老也不会落伍，永远能够与普天下的赤子之心相接相契相抱！你那位朋友说得不错，艺术表现的动人，一定是从心灵的纯洁来的！不是纯洁到像明镜一般，怎能体会到前人的心灵？怎能打动听众的心灵？

音乐院长说你的演奏像流水、像河，更令我想到克利斯朵夫的象征。天舅舅说你小时候常以克利斯朵夫自命，而你的个性居然和罗曼·罗兰的理想有些相像了。莱茵河，江声浩荡……钟声复起，天已黎明……中国正到了“复旦”的黎明时期，但愿你做中国的——新中国的——钟声，响遍世界，响遍每个人的心！滔滔不竭的流水，流到每个人的心坎里去，把大家都带着，跟你一块到无边无岸的音响的海洋中去吧！名闻世界的扬子江与黄河，比莱茵的气势还要大呢！——黄河之水天上来，奔流到海不复回！——无边落木萧萧下，不尽长江滚滚来！——有这种诗人灵魂的传统的民族，应该有气冲斗牛的表现才对。

你说常在矛盾与快乐之中，但我相信艺术家没有矛盾不会进步，不会演变，不会深入。有矛盾正是生机蓬勃的明证。眼前你感到的还不过是技巧与理想的矛盾，将来你还有反复不已更大的矛盾呢：形式与内容的枘凿，自己内心的许许多多不可预料的矛盾，都在前途等着你。别担心，解决一个矛盾，便是前进一步！矛盾是解决不完的，所以艺术没有止境，没有perfect（完美，十全十美）的一天，人生也没有 perfect 的一天！唯其如此，才需要我们夜以继日，终生的追求、苦练；要不然大家做了羲皇上人，垂手而天下治，做人也太腻了！

（选自傅雷《傅雷家书》，天津社会科学院出版社 2006 年版）

【赏析】

本文是作者傅雷写给儿子傅聪的两封家书。第一封家书写作的时间是儿子精神消沉的时候，第二封家书写作的时间是儿子欣喜成功的时候。这两封家书从两个方面表达了父亲对儿子的那一份动人的舐犊之情。傅雷和傅聪父子俩不仅是生活中的朋友，而且是艺术上的知音。傅雷以自己深厚的学养、真挚的父爱，倾听着万里之外儿子的每一次心跳，预想着儿子前进道路上可能出现的各种困难，传送着自己的惦念和祖国的声音。

【思考】

1. 这两封信是傅雷接到傅聪的信后的回信。请认真阅读这两封信，说说它们的主题各是什么。

2. 傅聪的成功，使傅雷异常激动，但他在信中是否只是停留在这种喜悦之情中？他还写了什么？

3. 在傅雷看来，坚强的最高境界是什么？

二十四　秃的梧桐

苏雪林

【导言】

苏雪林（1897—1999），原名苏小梅，字雪林。安徽太平县人。她一生从事教育事业，先后在沪江大学、国立安徽大学、武汉大学任教。后到台湾师范大学、成功大学任教。她笔耕不辍，被喻为文坛的常青树。

“这株梧桐，怕再也难得活了！”人们走过秃梧桐下，总这样惋惜地说。

这株梧桐，所生的地点，真有些奇怪。我们所住的屋子，本来分作两下给两家住的，这株梧桐，恰恰长在屋前的正中，不偏不倚，可以说是两家的分界碑。

屋前的石阶，虽仅有其一，由屋前到园外去的路却有两条——一家走一条。梧桐生在两路的中间，清阴分盖了两家的草场；夜里下雨，潇潇淅淅打在桐叶上的雨声，诗意也两家分享。

不幸园里蚂蚁过多，梧桐的枝干，为蚁所蚀，渐渐地不坚牢了。一夜雷雨，便将它的上半截劈折，只剩下一根两丈多高的树身，立在那里，亭亭有如青玉。

春天到来，树身上居然透出许多绿叶，团团附着树端，看去好像一棵棕榈树。

谁说这株梧桐不会再活呢？它现在长了新叶，或者更会长出新枝，不久定可以恢复从前的美阴了。

一阵风过，叶儿又被劈下来，拾起一看，叶蒂已啮断了三分之二——又是蚂蚁干的好事，哦！可恶！

但勇敢的梧桐，并不因此挫了它的志气。

蚂蚁又来了，风又起了，好容易长得掌大的叶儿又飘去了，但它不管，仍然萌新的芽，吐新的叶，整整地忙了一个春天，又整整地忙了一个夏天。

秋来，老柏和香橙还沉郁地绿着，别的树却都憔悴了。年近古稀的老榆，护定它青青的叶，似老年人想保存半生辛苦贮蓄的家私。但哪禁得西风如败子，日夕在耳畔絮聒？——现在它的叶儿已去得差不多。园中减了葱茏的绿意，却也添了蔚蓝的天光。爬在榆干上的薜荔，上面没有遮蔽，可以酣饮风霜了；它脸上醉得枫叶般红，陶然自足，不管垂老破家的榆树，在它头上瑟瑟地悲叹。

大理菊东倒西倾，还挣扎着在荒草里开出红艳的花。牵牛的蔓，早枯萎了，但还开花呢，可是比从前纤小；冷风凉露中，泛满浅紫嫩红的小花，更觉娇美可怜。还有从前种麝香连理花和凤仙花的地里，有时也见几朵残花。秋风里，时时有玉钱蝴蝶，翩翩飞来，停在花上，好半天不动，幽情凄恋——它要僵了，它愿意僵在花儿的冷香里！

这时候，园里另外一株桐树，叶儿已飞去大半；秃的梧桐，自然更是一无所有，只有亭亭如青玉的干，兀立在惨淡斜阳中。

“这株梧桐，怕再也不得活了！”人们走过秃梧桐下，总是这样惋惜似的说。

但是，我知道明年还有春天要来。

明年春天仍有蚂蚁和风呢？

但是，我知道有落在土里的桐子。

（选自苏雪林《苏雪林散文》，浙江文艺出版社 2001 年版）

【赏析】

本文旨在颂扬体现在普通生命身上的坚忍顽强的品格力量。文章以人们叹惋秃梧桐“难得活”开头，看似平平之笔，实则匠心独运：既写出秃梧桐目前生命的衰微，也写出它一直以来灾难不断的命运；既写出人们的同情与惋惜，也写出人们对它生命韧性的怀疑。为下文张本，欲扬先抑。

文本开始用白描笔法，具体描写秃梧桐。紧接着主要用拟人、对比手法，写秃梧桐遭受灾难，更写它的坚忍顽强。随后又写秃梧桐所受的另外两种灾难——风劈、蚁咬，但它不懈努力，用尽春夏两季来萌芽长叶。用拟人和反衬手法，生动地写出风和蚂蚁的嚣张可恶，更传神地写出秃梧桐的坚忍顽强。最后作者笔触由秃梧桐宕开去，用生动的白描和拟人化写法，写到秋风中的其他植物和动物。

文章运笔看似闲散，实际上颇具匠心。这些生命，无一不身负苦难，但也无一不坚忍倔强：老柏和香橙形色沉郁，但绿着；老榆青叶将尽，但苦苦持守；薜荔久受遮蔽，现在终于酣饮风霜，陶然自足；大理菊倾倒歪斜，但挣扎着开花；牵牛枯萎纤弱，遭冷风凉露，但泛满小花；麝香连理和凤仙失去从前的繁盛，但仍留几朵残花；玉钱蝴蝶心怀幽情凄恋，但愿意僵在花儿的冷香里……虽然在文中这些生命只是宾，但写主写宾，意旨都是褒扬普通生命的坚忍顽强。这样写，体现了散文形散神聚的基本特征，拓展了文章内容，深化了文章主旨。

后五段，宕开之后收回，写秃梧桐。回应前文，再写它生存状态之惨淡艰难，再写人们对它生命力的怀疑，但更强调：来年春天，秃梧桐将再次焕发生机，何况它已将种子留在了土里——秃梧桐不死！

【思考】

1. 文章首尾都出现了人们对秃梧桐表示惋惜的话，试比较其中的细微区别，并简要分析其作用。
2. 文章结尾写道："但是，我知道有落在土里的桐子。"这句话的含义是什么？
3. 从秃梧桐的身上，你得到了什么启示？

二十五　美腿与丑腿

［美］本杰明·富兰克林

【导言】

本杰明·富兰克林（Benjamin Franklin，1706—1790），出生于美国马萨诸塞州波士顿，美国著名的政治家、物理学家，同时也是出版商、印刷商、记者、作家、慈善家，更是杰出的外交家及发明家。

富兰克林是美国独立战争时重要的领导人之一，参与了多项重要文件的草拟，并曾出任美国驻法国大使，成功取得法国对美国独立的支持。富兰克林曾经进行多项关于电的实验，并且发明了避雷针，最早提出电荷守恒定律。他还发明了双焦点眼镜、蛙鞋等。富兰克林被选为英国皇家学会院士。他还曾是美国首位邮政局局长。法国经济学家杜尔哥评价富兰克林："他从苍天那里取得了雷电，从暴君那里取得了民权。"

世界上有两种人，他们的健康、财富以及生活上的各种享受大致相同，结果，一种人是幸福的，另一种人得不到幸福。他们对物、对人和对事观点不同。那些观点对于他们的心灵上的影响因此也不同，苦乐的分野主要的也在此。

一个人无论处于什么地位，遭遇总是有顺利有不顺利；无论在什么交际场合的餐桌上，所接触的人物和谈吐，总是有讨人欢喜的和不讨人欢喜的；无论在什么地方的餐桌上，酒肉的味道总是有可口的也有不可口的，菜肴也是做得有好有坏；无论在什么地带，天气总是有晴有雨；无论什么政府，它的法律总是有好的，也有不好的，而法律的施行也是有好有坏。天才所写的诗文，里面有美的方面，但也总可以找到若干瑕疵。差不多每一张脸上，总可以找到优点和缺陷，差不多每一个人都有他的长处，也有他的短处。

在这些情形之下，上面所说的两种人的注意目标恰好相反：乐观的人所注意的只是顺利的际遇，谈话中有趣的部分、精致的菜肴、美味的好酒、晴朗的天气等，同时尽情享乐；悲观的人所想的和所谈的却只有坏的一面，因此，他们永远感到怏怏不乐，他们的言论在社交场所大煞风景，个别的还得罪许多人，以致他们到处格格不入。如果这种性情是天生的，这些怏怏不乐的人倒是更堪怜悯。但那种吹毛求疵令人厌恶的脾气，也许根本从模仿而来，于不知不觉中养成了习惯。假若悲观的人能够知道他们的恶习对于他们一生的幸福如何不良的影响，那么即使恶习已经到了根深蒂固的程度也还是可以矫正的。我希望这一点忠告可能对悲观的人有所帮助，促使他们去除恶习；这种恶习实际上虽然只是一种态度，一种心理行为，但是它能造成终生的严重后果，带来真的悲哀与不幸。他们得罪了大家，大家谁也不喜欢他们，至多以极平常的礼貌和敬意跟他们敷衍，有时甚至连极平常的礼貌和敬意都谈不到。他们常因此很气愤，引起种种争执。他们要想地位改进或财富增加，别人谁也不会希望他们成功，没有人肯为成全他们的抱负而出力或出言。如果他们遭受到公众的责难或羞辱，也没有人肯为他们的过失辩护或予以原谅；许多人还要夸大其词地同声攻击，把他们骂得体无完肤。如果这些人不愿矫正恶习，不肯迁就，不肯喜欢一切别人认为可爱的东西，而总是怨天尤人，为一切不可爱的东西自寻烦恼，那么大家还是避免和他们交往好；因为这种人总是和人难以相处，一旦你发觉自己被纠缠在他们的争吵中时，你将感到很大的麻烦。

我有一位研究哲学的老朋友，由于他饱经世故，时时谨慎、留神，避免和这种人亲近。他像一般哲学家一样，备有一个显示气温的寒暑表和一具预示晴雨的气压计；但什么人有这种坏脾气，世界上还没有人发明什么仪器，可以使他一看便知，因此他就利用他的两条腿：一条长得非常好看，另一条却因曾逢意外而呈畸形。陌生人初次和他见面，如果此人对他的那条丑腿比对他的好腿更为注意，他就有所顾忌。如果此人只谈起那条丑腿，不注意他的好腿，这就足以使我的朋友决定不再和他做进一步的交往。这样一副大腿仪器并非人人都有，但是只要稍微留心，那种有吹毛求疵恶习之流的一些行迹，大家都能看出来，从而可以决定避免和他们交往。

因此，我劝告那些性情苛酷、愤愤不平和郁郁寡欢的人，如果他们希望能受人敬爱而自得其乐，他们就不可再去注意人家的丑腿了。

（选自夏济安《蜉蝣：人生的一个象征》，上海社会科学院出版社2002年版）

【赏析】

这是富兰克林的一篇名文。通过对比论证，作者深入浅出地阐述了现实生活中的两种人生观，肯定了乐观的人生态度，否定了悲观的人生态度。作者重点分析悲观的人生态度给人带来的危害。这类人只注意到不利的一面，并且“永远感到怏怏不乐”，甚至“得罪许多人，以致他们到处格格不入”。作者告诫“那些性情苛酷、怨愤不平和郁郁寡欢的人”，必须改掉自身的恶习。作者希望人们乐观向上，凡事看到好的方面，凡事要往好处想。这种人生观实际上也代表了大多数美国人的人生观，表现出一个新兴民族乐观向上的精神。

【思考】

1. 为什么一些人对“美腿”一见如故，而有些人却只注意到“丑腿”呢？

2. “美腿”与“丑腿”各象征什么？我们要怎样看待“美腿”与“丑腿”？怎样才能处理好它们之间的关系？

戏说人生

二十六　红岩(节选)

罗广斌　杨益言

【导言】

《红岩》是1961年12月中国青年出版社出版的图书，作者是国民党集中营的幸存者罗广斌、杨益言。

该书讲述了1948年在国民党的统治下，处在黎明前最黑暗的时刻的共产党员，在渣滓洞和白公馆中与敌人进行英勇的斗争故事。

刘思扬端着半碗水，感激地望着面前这个率直的农民模样的人。他望着那人吸惯叶子烟的焦黄牙齿上挂着的一缕缕血丝，忍不住提醒了一句：

"你的嘴流血！"

那人摇了摇头，坦然地说："牙龈烂了，手脚也……"

刘思扬痛苦地皱着眉头："这是坏血病，营养不足……"

"这里哪像我们乡下，青菜萝卜齐全，咋个不得这些怪病嘛。你看，连烟都没得抽的！"

说着，他们抬起余新江汗湿的头。一滴水刚刚碰上嘴唇，舌尖便伸了出来，双手又不住地抓着喘不过气来的胸口。

刘思扬和那人对视了一下。他们的目光不约而同地似乎都在说：要是还有水该多好！可是看看倒空了的水罐，两人都沉默着。刘思扬随手拿起自己的西服上装，举在余新江身畔，权且遮住从签子门缝中直射进来的斜阳的毒焰。那人不知从哪里摸出一柄废纸贴成的破扇，递了过来。刘思扬便放下衣裳，用扇子给余新江扇来一阵阵带有浓烈汗臭的热风。

"你是从农村来的？"刘思扬望着对方的空烟斗，烟斗的泥巴磨得亮亮的，却没有烟火烧过的痕迹。

“乡巴佬哇。我叫丁长发。家住川西新津县三汇场，一抹平阳的好地方呵，就是地主恶霸多了点!”

“我叫刘思扬。”

“听说过罗，他叫余新江嘛。”丁长发接口说道，“你们是重庆大码头的，到这渣滓洞集中营里头，开初几天，怕不大惯适？你看，硬是比县份上的班房恼火。”丁长发吐口长气，又说道：“嘿，没得烟抽。老子做个烟杆，叭几口过过瘾!”

刘思扬苦笑了一下：“没关系，过些时候，就习惯了。”

“这个余新江，是个工人，长一手老茧。坐两年牢，你屁股上也要长牢茧嘞!”丁长发又咧开嘴巴，爽直地笑了笑，转身坐回原处。

在沉闷的气氛中，破扇子嗦嗦地发出单调的声响。刘思扬的目光，不经意地打量着对面的墙壁。他的目光忽然停滞了，手里的破扇子，也停止了摇动。墙角上刻画着一些纵横交错的字迹，几行显眼的暗红色的字，扣住了他的心弦：

中国共产党万岁！　吕杰　绝笔

是鲜血写成的字！刘思扬心里不禁浮起一阵异常庄严的感情。他不知道吕杰是谁，可是吕杰写下这几行绝笔时那种光芒四射的思想感情，他完全能够理解。有一天，当自己为真理而奉献生命的时候，能像吕杰这样毫无愧色地迎向敌人的枪口，讲出这样的话吗？刘思扬问着自己，又进一步借着阳光，贪婪地搜索着墙角的各种字迹。在吕杰绝笔的旁边，是谁用指甲深深地刻画出一条条的痕印？这又表示着什么呢？刘思扬一时猜不透它，目光向旁移动，一处耀目的字句，立刻映进了他的眼帘：

为狗爬出的洞敞开着……

是谁写下了这样透彻的警句？刘思扬不禁问着自己。

——爬出来吧，给你自由！我渴望自由，但我深深地知道——
人的身躯怎能从狗洞子里爬出？我希望有一天地下的烈火，
将我连这活棺材一齐烧掉，我应该在烈火与热血中得到永生！

刚刚大声读完这首洋溢着战斗激情的诗篇，刘思扬忍不住急切地询问：

“这是谁写的诗?”

“我们军长!”一个洪亮的声音应声答道，“叶挺将军!”

(选自罗广斌、杨益言《红岩》，中国青年出版社 2013 年版)

【赏析】

这是对革命者们在狱中的情形描写，艰苦的环境、苛刻的条件并未动摇革命者们的信念，反而使他们的意志更加坚定。文中的诗体现的就是一种革命的信念。从“是谁用指甲深深地刻画出一条条痕印”可以看出，叶挺将军对反动派的深深痛恨和叶挺将军的伟大精神。《红岩》是对中国共产党人精神品质最高度的概括。红岩精神，是革命先烈坚持真理、改造社会的人生伟大实践，是革命先辈为国家、为人民无私奉献的真实写照，是我们改革开放发展建设过程中不可缺少的精神支柱。

【思考】

《红岩》精神的具体内容是什么？

二十七　山地回忆(节选)

孙　犁

【导言】

孙犁，原名孙树勋，河北省衡水市安平人，现当代著名小说家、散文家，“荷花淀派”的创始人。他一贯关注时代风云变化，体察人民苦乐，贴近现实，直面人生，以博大的人道主义胸怀和对现实主义的执着追求，使作品散发出耐人寻味的清香。艺术上兼收并蓄，古今相融，追求民族的内在气质和文化内涵。作品语言质朴清新，心理刻画细腻，抒情性强。

阜平的天气冷，山地不容易见到太阳。那里不种棉花，我刚到那里的时候，老大娘们手里搓着线锤。很多活计用麻代线，连袜底也是用麻纳的。

就是因为袜子，我和这家人认识了，并且成了老交情。那是个冬天，该是 1941 年的冬天，我打游击打到了这个小村庄，情况缓和了，部队决定休息两天。

我每天到河边去洗脸，河里结了冰，我登在冰冻的石头上，把冰砸破，浸湿毛巾，等我擦完脸，毛巾也就冻挺了。有一天早晨，刮着冷风，只有一抹阳光，黄黄的落在河对面的山坡上。我又登在那块石头上去，砸开那个冰口，正要洗脸，听见在下水流有人喊：

“你看不见我在这里洗菜吗？洗脸到下边洗去！”

这声音是那么严厉，我听了很不高兴。这样冷天，我来砸冰洗脸，反倒妨碍了人。心里一时挂火，就也大声说：

“离着这么远，会弄脏你的菜！”

我站在上风头，狂风吹送着我的愤怒，我听见洗菜的人也恼了，那人说：

“菜是下口的东西呀！你在上流洗脸洗屁股,为什么不脏?”

“你怎么骂人?”我站立起来转过身去,才看见洗菜的是个女孩子,也不过十六七岁。风吹红了她的脸,像带霜的柿叶,水冻肿了她的手,像上冻的红萝卜。她穿的衣服很单薄,就是那种蓝色的破袄裤。

十月严冬的河滩上,敌人往返烧毁过几次村庄的边沿,在寒风里,她抱着一篮子水沤的杨树叶,这该是早饭的食粮。

不知道为什么,我一时心平气和下来。我说:

“我错了,我不洗了,你在这块石头上来洗吧!”

她冷冷地望着我,过了一会才说:

“你刚在那石头上洗了脸,又叫我站上去洗菜!”

我笑着说:

“你看你这人,我在上水洗,你说下水脏,这么一条大河,哪里就能把我脸上的泥土冲到你的菜上去？现在叫你到上水来,我到下水去,你还说不行,那怎么办哩?”

“怎么办,我还得往上走!”

她说着,扭着身子逆着河流往上去了。登在一块尖石上,把菜篮浸进水里,把两手插在袄襟底下取暖,望着我笑了。

我哭不得,也笑不得,只好说:

“你真讲卫生呀!”

“我们是真卫生,你是装卫生！你们尽笑我们,说我们山沟里的人不讲卫生,住在我们家里,吃了我们的饭,还刷嘴刷牙,我们的菜饭再不干净,难道还会弄脏了你们的嘴?为什么不连肠子都刷刷干净!”说着就笑得弯下腰去。

我觉得好笑。可也看见,在她笑着的时候,她的整齐的牙齿洁白得放光。

“对,你卫生,我们不卫生。”我说。

“那是假话吗？你们一个饭缸子,也盛饭,也盛菜,也洗脸,也洗脚,也喝水,也尿泡,那是讲卫生吗?”她笑着用两手在冷水里刨抓。

“这是物质条件不好,不是我们愿意不卫生。等我们打败了日本,占了北平,我们就可以吃饭有吃饭的家伙,喝水有喝水的家伙了,我们就可以一切齐备了。”

“什么时候,才能打败鬼子?”女孩子望着我,“我们的房,叫他们烧过两三回了!”

“也许三年,也许五年,也许十年八年。可是不管三年五年,十年八年,我们总是要打下去,我们不会悲观的。”我这样对她讲,当时觉得这样讲了以后,心里很高兴了。

“光着脚打下去?”女孩子转脸望了我脚上一下,就又低下头去洗菜了。

我一时没弄清是怎么回事,就问:

“你说什么?”

“说什么?”女孩子也装没有听见,“我问你为什么不穿袜子,脚不冷吗？也是卫生吗?”

"咳!"我也笑了,"这是没有法子么,什么卫生! 从九月里就反'扫荡',可是我们八路军,是非到十月底不发袜子的。这时候,正在打仗,哪里去找袜子穿呀?"

"不会买一双?"女孩子低声说。

"哪里去买呀,尽住小村,不过镇店。"我说。

"不会求人做一双?"

"哪里有布呀? 就是有布,求谁做去呀?"

"我给你做。"女孩子洗好菜站起来,"我家就住在那个坡子上,"她用手一指,"你要没有布,我家里有点,还够做一双袜子。"

她端着菜走了,我在河边上洗了脸。我看了看我那只穿着一双"踢倒山"的鞋子,冻得发黑的脚,一时觉得我对于面前这山,这水,这沙滩,永远不能分离了。

[选自朱栋霖《中国现代文学作品选(1917~2000)》第三卷,高等教育出版社2002年版]

【赏析】

《山地回忆》是孙犁小说代表作之一。它用第一人称回忆的笔法,扣住一个小物件——一双袜子展开故事,通过河边"争吵"、贩枣、买机等生活片断,生动地表现了在抗日战争艰难困苦的环境中建立起来的革命战士同人民群众之间的鱼水深情,赞美了纯朴真挚的人情。

【思考】

主人公妞儿有着哪些性格特征?

二十八　三个火枪手(节选)

[法] 大仲马

【导言】

亚历山大·仲马(1802—1870),又称大仲马,法国19世纪浪漫主义作家。大仲马各种著作达300卷之多,以小说和剧作为主。代表作有:戏剧《亨利第三及其宫廷》、长篇小说《基督山伯爵》《三个火枪手》等。大仲马小说大多以真实的历史作背景,情节曲折生动,结构清晰明朗,语言生动有力,对话灵活机智。大仲马也因而被后人赞誉为"通俗

小说之王”。

一路上,公爵通过达达尼昂了解到的,不是所发生的情况,而是达达尼昂所知道的情况。他比较了从这个年轻人嘴里听到的话和自己所记得的情形,从而相当清楚地意识到王后处境的严重程度,尽管王后的信是那样简短,那样不清楚。他感到奇怪的主要是,红衣主教是绝不想让这个年轻人踏上英国的国土的,却居然没有在路上抓住他。达达尼昂注意到了公爵惊诧的表情,这才向他讲述了他所采取的种种预防措施,他的三位朋友的赤胆忠心,以及他们怎样负伤流血,他怎样陆续把他们留在路上,正是多亏了他们,他最后才有可能躲过瓦尔德先生那刺穿了王后的信笺的一剑,而且狠狠地还了他一剑。他叙述得非常朴素自然,公爵一边听着,一边露出惊讶的神色,不时打量一眼这个小伙子,仿佛觉得,这个小伙子,从这张脸看上去还不到二十岁,却表现得如此谨慎,如此勇敢,如此忠诚,真是不可思议。

……

“现在,”白金汉两眼注视着年轻人说,“我怎样才能报偿您呢?”

达达尼昂的脸腾地红到了耳根。他看出来,公爵正在想办法让他接受点什么东西。认为他的同伴们和他自己所流的血,可以用英国金子来报偿的想法,使他特别反感。

“咱们不妨把话讲清楚,大人。”达达尼昂答道,“咱们先得摆一摆事实,以免产生误会。我是为法国的国王和王后效劳,是埃萨尔先生的禁军队的一员,而埃萨尔先生和他的内兄特雷维尔先生,特别忠于国王和王后陛下。所以我所做的一切都是为了王后,而并非为了大人您。再说,如果不是为了讨一位我所钟爱的夫人喜欢,这一切我可能根本不会干;那位夫人之于我,就像王后之于您一样。”

“是啊,”公爵微笑着说,“我想我甚至认识那个人,她是……”

“大人,我可没有说出姓名。”小伙子连忙打断他。

“对。”公爵说,“因此,我应该为那个人,感谢您的忠诚罗。”

“您说着了,大人,现在是两国交战时期,老实讲,在我眼里,大人只不过是一个英国人,因此是我的敌人。我宁愿在战场上遇到,这比在温莎公园或罗浮宫的走廊里遇到您要高兴得多。不过,这并不妨碍我不折不扣地执行我的使命,并且为了完成这一使命,在必要的时候我可抛头颅洒热血。我向大人再说一遍:我与大人已经见过两次面,在第一次见面的时候,我为大人做了点事,这第二次见面我是为我自己做事。因此就个人关系而言,大人您这一次不应当比第一次对我表示更多的感谢。”

“我们有句俗话,叫作‘自豪得像个苏格兰人’。”

“我们也有句俗话，叫作‘自豪得像个加斯科尼人’。”达达尼昂回答道，“加斯科尼人就是法国的苏格兰人。”

达达尼昂向公爵鞠一躬，准备出发了。

（选自李玉民译《三个火枪手》，人民文学出版社2015年版）

【赏析】

这篇小说的主要情节：没落贵族出身的达达尼昂到巴黎投军，加入国王路易十三的火枪手卫队，和其他三个火枪手成为好朋友。他们为了保护王后西班牙公主安娜·奥地利的名誉，抗击红衣主教黎塞留，击败黎塞留设置的重重障碍，前往英国，从白金汉公爵那里取回王后的钻石，挫败了黎塞留挑拨国王和王后的阴谋。

选段从侧面展示了火枪手们的英勇、慷慨和忠诚，这也是法国骑士精神的体现。他们互帮互助，以牺牲小我、保全大我的精神一次次置之死地而后生。在他们的行动失败后，他们互相安慰，并商讨如何再次克服困难，完美的策略和精密的武器装备，更使他们如虎添翼。他们的精神值得歌颂，他们的行为值得赞扬。

【思考】

小说中的火枪手明明有四个人，为什么题目却是《三个火枪手》？

二十九　简·爱（节选）

［英］夏洛蒂·勃朗特

【导言】

《简·爱》是英国女作家夏洛蒂·勃朗特创作的长篇小说，是一部具有自传色彩的作品。作品讲述一位从小变成孤儿的英国女子在各种磨难中不断追求自由与尊严，坚持自我，最终获得幸福的故事。小说引人入胜地展示了男女主人公曲折起伏的爱情经历，成功塑造了一个敢于反抗，敢于争取自由和平等地位的妇女形象。

我几乎不知不觉中说了这话，眼泪不由自主夺眶而出。但我没有哭出声来，我也避免抽泣。一想起奥加尔太太和苦果村,我的心就凉了半截;一想起在我与此刻同我并肩而行的主人之间,注定要翻腾着大海和波涛,我的心就更凉了;而一记起在我同我自然和必然所爱的东西之间,横亘着财富、阶层和习俗的辽阔海洋,我的心凉透了。

"离这儿很远。"我又说了一句。

"确实如此。等你到了爱尔兰康诺特的苦果村,我就永远见不到你了,肯定就是这么回事。我从来不去爱尔兰,因为自己并不太喜欢这个国家。我们一直是好朋友,简,你说是不是?"

"是的,先生。"

"朋友们在离别的前夕,往往喜欢亲密无间地度过余下的不多时光。来——星星们在那边天上闪烁着光芒时,我们用上半个小时左右,平静地谈谈航行和离别。这儿是一棵七叶树,这边是围着老树根的凳子。来,今晚我们就安安心心地坐在这儿,虽然我们今后注定再也不会坐在一起了。"他让我坐下,然后自己也坐了下来。

"这儿到爱尔兰很远,珍妮特,很抱歉,把我的小朋友送上这么令人厌倦的旅程。但要是没有更好的主意了,那该怎么办呢?简,你认为你我之间有相近之处吗?"

这时我没敢回答,因为我内心很激动。

"因为,"他说,"有时我对你有一种奇怪的感觉——尤其是当你像现在这样靠近我的时候。仿佛我左面的肋骨有一根弦,跟你小小的身躯同一个部位相似的弦紧紧地维系着,难分难解。如果咆哮的海峡和二百英里左右的陆地,把我们远远分开,恐怕这根情感交流的弦会折断,于是我不安地想到,我的内心会流血。至于你——你会忘掉我。"

"那我永远不会,先生,你知道——"我不可能再说下去了。

"简,听见夜莺在林中歌唱吗?——听呀!"

我听着听着便抽抽噎噎地哭泣起来,再也抑制不住强忍住的感情,不得不任其流露了。我痛苦万分地浑身战栗着。到了终于开口时,我便只能表达一个冲动的愿望:但愿自己从来没有生下来,从未到过桑菲尔德。

"因为要离开而难过吗?"

悲与爱在我内心所煽起的强烈情绪,正占上风,并竭力要支配一切,压倒一切,战胜一切,要求生存、扩展和最终主宰一切,不错——还要求吐露出来。

"离开桑菲尔德我很伤心,我爱桑菲尔德——我爱它是因为我在这里过着充实而愉快的生活——至少有一段时间。我没有遭人践踏,也没有弄得古板僵化,没有混迹于志向低下的人之中,也没有被排斥在同光明、健康、高尚的心灵交往的一切机会之外。我已面对面同我所敬重的人、同我所喜欢的人,同一个独特、活跃、博大的心灵交谈过。我已经熟悉你,罗切斯特先生,硬要让我永远同你分开,使我感到恐惧和痛苦。我看到非分别不可,就像看到非死不可一样。"

"在哪儿看到的呢?"他猛地问道。

“哪儿？你，先生，已经把这种必要性摆在我面前了。”

“什么样的必要性？”

“就是英格拉姆小姐那模样，一个高尚而漂亮的女人——你的新娘。”

“我的新娘！什么新娘呀？我没有新娘！”

“但你会有的。”

“是的，我会！我会！”他咬紧牙齿。

“那我得走——你自己已经说了。”

“不，你非留下不可！我发誓——我信守誓言。”

“我告诉你我非走不可！”我回驳着，感情很有些冲动，“你难道认为，我会留下来甘愿做一个对你来说无足轻重的人？你以为我是一架机器？——一架没有感情的机器？能够容忍别人把一口面包从我嘴里抢走，把一滴生命之水从我杯子里泼掉？难道就因为我一贫如洗、默默无闻、长相平庸、个子瘦小，就没有灵魂，没有心肠了？——你不是想错了吗？——我的心灵跟你一样丰富，我的心胸跟你一样充实！要是上帝赐予我一点姿色和充足的财富，我会使你同我现在一样难分难舍，我不是根据习俗、常规，甚至也不是血肉之躯同你说话，而是我的灵魂同你的灵魂在对话，就仿佛我们两人穿过坟墓，站在上帝脚下，彼此平等——本来就如此！”

（选自宋兆霖译《简·爱》，中国画报出版社 2012 年版）

【赏析】

简·爱是一位不甘忍受社会压迫、勇于追求个人幸福的女性。她的人生追求有两个基本旋律：富有激情、幻想、反抗和坚持不懈的精神；对人间自由幸福的渴望和对更高精神境界的追求。无论是她的贫困低下的社会地位，还是她那漂泊无依的生活遭遇，都是当时英国下层人民生活的真实写照。作者能够把一个来自社会下层的觉醒中的新女性摆到小说的主人公地位，并对她为反抗压迫和社会偏见、为争取独立的人格和尊严、为追求幸福生活而顽强斗争加以热情歌颂，在当时的文学作品中是难能可贵的。简·爱这个看似柔弱而内心极具刚强韧性的女子，也因为这部作品而成为无数女性心中的典范。小说引人入胜地展示了男女主人公曲折起伏的爱情经历，歌颂了摆脱一切旧习俗和偏见，扎根于相互理解、相互尊重的基础之上的深挚爱情，具有强烈的震撼心灵的艺术力量。选段中的对话，极富激情和诗意，作者着力于人物双方用诗的话语来表达各自的激情，使现实主义的小说具有了浓厚的浪漫主义色彩。

【思考】

文中的女主人公简·爱通过坚持追求自由、平等和独立，最终获得了幸福，她的人生经历对你有何启示？

三十　羊脂球(节选)

[法]莫泊桑

【导言】

居伊·德·莫泊桑(1850—1893),19世纪后半叶法国批判现实主义作家,与俄国契诃夫和美国欧·亨利并称为“世界三大短篇小说巨匠”。代表作品有《项链》《羊脂球》和《我的叔叔于勒》等。《羊脂球》是莫泊桑的成名作,也是他的代表作之一。故事以羊脂球的悲惨遭遇反衬了资本主义虚伪面具下所藏的腐朽的内脏和污秽的思想。

开初,谁都不说话。羊脂球不敢抬起头来。同时觉得自己对于同车的人怀着愤慨,觉得自己从前让步是受了委屈的,是被普鲁士人的嘴唇弄脏了的,然而从前把她扔到普鲁士人怀抱里的却是这些同车旅伴的假仁假义的手段。

但是伯爵夫人偏过头来望着迦来－辣马东夫人,不久就打破了那种令人难堪的沉寂。

“我想您认得艾忒来尔夫人,可对?”

“对呀,那是我女朋友当中的一个。”

“她多么娇媚哟!”

“真叫人爱哟!是一个真正的出色人物,并且知识很高,连手指头儿上都是艺术家的风度,唱得教人忘了忧愁,又画得尽善尽美。”

厂长和伯爵谈着,在车上玻璃的震动喧闹当中偶然飞出来一两个名词:“息票——付款期限——票面超出额——期货。”

鸟老板偷了旅馆里的一副旧纸牌,那是在那些揩得不干净的桌子上经过五六年的摩擦变成满是油腻的,现在他拿着这副牌和妻子斗着一种名叫“倍西格”的斗法。

两个嬷嬷在腰带上提起那串垂着的长念珠,一同在胸脯上画着十字,并且她们的嘴唇陡然开始活泼地微动起来,渐渐愈动愈快,催动她们的模糊喃喃声音如同为了一种祈祷的竞赛,后来她们不时吻着一方金属圆牌,重新再画十字,再动口念着她们那种迅速而且不断的模糊咒语。

戈尔努兑坠入沉思了,没有动弹。

在路上走过了三小时，鸟老板收起了纸牌，他说道："饿了。"

于是他妻子摸着了一个用绳子缚好的纸包，从中取出了一块冷的牛仔肉。她仔仔细细把它切成了一些齐整的薄片儿，两口子动手吃着。

"我们是不是也照样做。"伯爵夫人说。有人同意了，于是她解开了那些为了两家而预备的食品。那是装在一只长形的陶质钵子里的，钵子的盖上塑着一只野兔，表示那盖着的是一份野兔胶冻，一份美味的冷食，看得见一些冻了的猪油透在那种和其他肉末相混的棕色野味中间，像是许多雪白的溪涧。另外有一方用报纸裹着的漂亮的乳酪干，报纸上面印的"琐闻"的大字标题还在它腴润的表面上保留得清清楚楚。

两个嬷嬷解开了一段滚圆的香肠，那东西的蒜味儿很重，戈尔拿兑把两只手同时插进了披风的两只大衣袋，从一只衣袋里取出了四个熟鸡蛋，从另一只里取出了一段面包。他剥去了蛋壳扔到脚底下的麦秸当中，就这样拿着蛋吃，使得好些蛋黄末儿落在他那一大簇长胡子当中像是好些星星一般挂着。

羊脂球在慌忙中起床的时候是什么也没有打算的，现在望着这些平平静静吃东西的人，她气极了，因为愤怒而呼吸迫促了。开初，一阵骚动的暴怒使得她肌肉痉挛，她张开了嘴预备把一阵升到嘴边的辱骂去斥责他们的行为，不过因为愤怒扼住了嗓子，她简直不能够说话。没有一个人看她，没有一个人惦记她。她觉得自己被这些顾爱名誉的混账东西的轻视淹没了，当初，他们牺牲了她，以后又把她当作一件肮脏的废物似的扔掉。于是她想起她那只满是美味的提篮，那里面本来盛着两只胶冻鲜明的子鸡、好些点心、好些梨子和四瓶波尔多的名产红葡萄酒，第一天通通被他们饕餮地吃喝得干干净净。末了，她的愤慨如同一根过度紧张的琴弦中断了似的忽然下降了，她觉得自己快要哭了。她使出了惊人的努力，镇定了自己，如同孩子一般吞住自己的呜咽，但是眼泪出来了，润湿了她的眼睑边缘，不久两点热泪从眼睛里往外流，慢慢地从颊部往下落，好些流得更迅速一些的眼泪又跟着来了，像一滴滴从岩石当中滤出的水，有规则地落到了她胸脯突出部分的曲线上。她直挺挺地坐着，眼光是定着不动的，脸色是严肃而苍白的，她一心希望不至于有人看见她。不过伯爵夫人偏偏瞧出来了，用一个手势通知了丈夫。他耸着肩膀仿佛就是说："您要怎么办，这不是我的过错。"鸟夫人得胜似的冷笑了一声，接着就低声慢气地说："她哭自己的耻辱。"

两个嬷嬷把剩下的香肠用一张纸卷好了以后，又开始来祷告了。

这时候，戈尔拿兑正等着那四个鸡蛋在胃囊里消化，他向对面的长凳底下伸长着双腿，仰着身子，叉着胳膊，如同一个人刚刚找着一件很滑稽的玩意儿一般因此微笑，末了他开始用口哨吹起了《马赛曲》。

所有的脸儿都变得暗淡了。这首人民的军歌显然使得同车的人很不开心。他们都变成神经质的了，受到刺激了，并且如同猎犬听见了手摇风琴一般都像是快要狂吠了。戈尔拿兑看出了这种情况，他的口哨就吹个不停了。甚至于有时候，他还轻轻地哼着好些歌词：

至情，爱国的神圣的至情，
你来领导支持我们的复仇之手，
自由，我们十分宝贵的自由，
你带着你的防护者来战斗！

路上的雪冻得比较坚硬，车子走得比较快了，经过旅行中的好些惨淡的钟点，在傍晚的时候颠簸晃动个不停，再后些时，车子里变成了黑暗世界，一直走到吉艾卜为止。戈尔弩兑始终用一种猛烈的不屈不挠态度吹着他这种复仇意味的单调口哨，强迫那些疲倦而且生气的头脑从头到尾地倾听他的歌唱，去记忆每一句被他们注意节奏的歌词。

羊脂球始终哭着，并且不时还有一声忍不住的呜咽，在两段歌词的间歇中间在黑暗世界里传出来。

（选自柳鸣九译《羊脂球》，北京联合出版公司 2016 年版）

【赏析】

羊脂球虽然从事受人歧视的职业，处在社会的最底层，遭受着别人的白眼和轻视，有着无法言语的辛酸和悲哀，但在普法战争这一特殊的背景下，她却和其他人一样表现出对侵略者的憎恨和对祖国的热爱，在斗争中奋不顾身，甚至牺牲自己的生命也在所不惜。莫泊桑选择将妓女作为主角本来就是对世俗的一种挑战，而将她们作为正面形象来对比上流社会的精英，用前者来否定后者，用后者来反衬前者，更是一种创举，具有挑战和颠覆正统、社会公认的伦理结构和道德价值观的作用。

【思考】

小说中，真正值得敬佩的人是谁？为什么？

英文名篇赏析

一 Let Us Smile

让我们继续微笑

【导言】

微笑很容易,但它的力量却很强大。面对任何困难时,微笑着面对,一切都会好起来的。

【诗歌】

The thing that goes the farthest toward making life worthwhile,

That costs the least and does the most, is just a pleasant smile.

The smile that bubbles[1] from the heart that loves its fellow men,
Will drive away the clouds of gloom and coax[2] the sun again.
It's full of worth and goodness, too, with manly kindness blunt;
It's worth a million dollars, and it doesn't cost a cent.
There is no room for sadness when we see a cheery smile;
It always has the same good look; it's never out of style;
It nerves us on to try again when failure makes us blue;
The dimples of encouragement are good for me and you.
It pays the highest interest—for it is merely lent;
It's worth a million dollars, and it doesn't cost a cent.
A smile comes very easy—you can wrinkle up with cheer,
A hundred times before you can squeeze[3] out a salty tear;
It ripples out, moreover, to the heartstrings[4] that will tug,
And always leaves an echo that is very like a hug.
So, smile away! Folks understand what by a smile is meant;
It's worth a million dollars, and it doesn't cost a cent.

那最能赋予生命价值、代价最廉而回报最多的东西,不过一个令人心畅的微笑而已。
由衷地热爱同伴的微笑,
会驱走心头阴郁的乌云,心底收获一轮夕阳。
它充满价值和美好,混合着坚毅的仁爱之心;
它价值连城却不花一文。
当我们看到喜悦的微笑,忧伤就会一扫而光;
它始终面容姣好,永不落伍;
失败令我们沮丧之时,它鼓励我们再次尝试;
鼓励的笑靥于你我大有裨益。
它支付的利息高昂无比——只因它是种借贷形式;
它价值连城却不花一文。
来一个微笑很容易——嘴角欢快翘起来,
你能百次微笑,可难得挤出一滴泪;
它的涟漪深深波及心弦,总会留下反响,宛若拥抱。
继续微笑吧!谁都懂得它意味着什么;
它价值连城却不花一文。

(选自 http://www.51test.net/show/4545506.html)

【注释】

[1] bubble: *n.* 气泡,泡沫,泡状物;透明圆形罩,圆形顶
vi. 沸腾,冒泡;发出气泡声
vt. 使冒泡;滔滔不绝地说

[2] coax: *vt.* 哄;哄诱;慢慢将……弄好
vi. 哄骗;劝诱

[3] squeeze: *vt.* 挤;紧握;勒索
vi. 压榨

[4] heartstring: *n.* 心弦;内心深处的感情

【思考】

你是如何将微笑的力量运用到生活中的呢?

二 Moon River

月亮河

【导言】

《月亮河》(Moon River,也译作《月河》)是一首由奥黛丽·赫本演唱的歌曲,第一次亮相于1961年的电影《蒂凡尼的早餐》。该曲由强尼·莫瑟(Johnny Mercer)作词、亨利·曼西尼(Henry Mancini)作曲,一举拿下当年奥斯卡最佳歌曲奖与最佳配乐奖。该曲之后被众多明星翻唱,其中安迪·威廉姆斯的版本最广为流传,而由中国作家王雨然翻译的中文版《月亮河》歌词,在中国广为流传。

该曲演绎出了一种常见的社会悲剧:那些背井离乡去大城市的人们,希望能通过打拼,获得名利与地位。而现实常常背道而驰,他们最后往往一无所有,潦倒街头,以致再也没有能力回到自己深爱的家乡。

【歌曲】

Moon river, wider than a mile
I'm crossing you in style some day
Oh, dream maker, you heart breaker
Wherever you're goin', I'm goin' your way
Two drifters, off to see the world
There's such a lot of world to see
We're after the same rainbow's end, waitin' 'round the bend
My huckleberry friend, Moon River, and me
(Moon river, wider than a mile)
(I'm crossin' you in style some day)
Oh, dream maker, you heart breaker
Wherever you're goin', I'm goin' your way
Two drifters, off to see the world

There's such a lot of world to see
We're after that same rainbow's end, waitin' 'round the bend
My huckleberry friend, Moon River, and me

月光河,宽不过一里
总有一天,我会优雅地遇见你
噢,这织梦的河,这心碎的河
不论你流向何方
我都将追随你而去
两个浪子,出发去看这个世界
有如此广阔的世界让我们欣赏
我俩在同一道彩虹的末端的河岸边等待
那有我可爱的朋友,月亮河,和我
月光河,宽不过一里
总有一天,我会优雅地遇见你
噢,这织梦的河,这心碎的河
不论你流向何方
我都将追随你而去
两个浪子,出发去看这个世界
有如此广阔的世界让我们欣赏
我俩在同一道彩虹的末端的河岸边等待
那有我可爱的朋友,月亮河,和我

(选自李音等《经典英文歌曲命令》,中国宇航出版社 2013 年版)

【思考】

你能列举一些奥黛丽·赫本塑造的著名人物形象吗?

三 You've Got Mail

电子情缘

【导言】

《电子情缘》是由诺拉·艾芙隆执导,汤姆·汉克斯、梅格·瑞恩等主演的爱情喜剧。影片讲述了男女主角通过网络聊天室相识并且开始电子邮件往来后发生的爱情故事。女主角凯瑟琳和男主角乔原本是唇枪舌剑的对手,后来两人分别用Shopgirl和NY152的网名在网络中倾诉着除了真实身份以外的生活,渐渐地,互联网上的友情升华成相互的爱慕之情。

【台词】

场景介绍:男主角乔和女主角凯瑟琳在咖啡馆遇见时的一段对话。

出场人物:Joe(乔),Kathleen(凯瑟琳)

Joe: Kathleen Kelly, hello. This is a coincidence[1]. Would you mind if I sat down?

Kathleen: Yes, yes, I would. Actually I'm expecting someone. Thanks.

Joe: *Pride and Prejudice.*

Kathleen: Do you mind?

Joe: I bet you read that book every year. I bet you just love that Mr. Darcy and your sentimental[2] heart just beats wildly at the thought that he and, well, you know whatever her name is, are truly honestly going to end up together.

Waiter: Can I get you something?

Kathleen: No, no, he's not staying.

Joe: Mocha chino[3], decaf, non-fat[4].

Kathleen: No, you are not staying.

Joe: I'll just stay here until your friend gets here. Gee[5], is he late?

Kathleen: The heroine of *Pride and Prejudice* is Elizabeth Bennet. She is one of the greatest and most complex characters ever written, not that you would know.

Joe: As a matter of fact, I've read it.

Kathleen: Oh, well, good for you.

Joe: I think you'll discover a lot of things if you really knew me.

Kathleen: If I really knew you, I know what I would find instead of a brain, a cash register[6], instead of a heart, a bottom line.

Joe: What?

Kathleen: I just had a breakthrough[7].

Joe: What is it?

Kathleen: I have you to thank for it, for the first time in my life when confronted[8] with a horrible, insensitive[9] person I knew exactly what I wanted to say and I said it.

Joe: Well, I think you have a gift for it. It was a perfect blend[10] of poetry and meanness[11].

Kathleen: Meanness, let me tell you something about meanness ...

Joe: Don't misunderstand me. I'm just trying to pay you a compliment[12].

Kathleen: Oh, oh, why are you touching that? What are you doing?

Joe: Is this a red rose? No, you know it's a crimson[13] rose. Something you read about in a book, no doubt.

Kathleen: It's funny to you, isn't it? Everything is a joke to you. Please leave. Please, please leave, I beg you... Thank you.

Joe: You know what that hanky[14] reminds me of?

Kathleen: Hmm ...

Joe: The first day I met you.

乔: 凯瑟琳·凯丽,你好。真巧。我坐一坐可以吗?

凯瑟琳: 不可以,真的不可以。其实我在等人。谢谢。

乔: 《傲慢与偏见》。

凯瑟琳: 不可以吗?

乔: 我敢说这本书你每年都要读。我敢说你一定爱上了那位达西先生,你善感的心灵一想起他就狂跳不已。还有,那个你知道叫什么名字的,最终和他真诚地走到了一起。

服务员: 你要点什么吗?

凯瑟琳: 不,不,他马上走。

乔：　　穆哈咖啡，无咖啡因，脱脂。

凯瑟琳：不，你不能待在这。

乔：　　你朋友来了我就走。哦天哪，他迟到了。

凯瑟琳：《傲慢与偏见》的女主人翁是伊丽莎白·贝纳特，她是小说作品中最伟大、最复杂的角色之一，你不会知道的。

乔：　　事实上我已经拜读。

凯瑟琳：噢，是，对你有好处。

乔：　　我想如果你真的了解我，你会发现很多很多东西。

凯瑟琳：如果我真的了解你，我知道我会发现什么，我会发现你不是一个有头脑的人，而是一台收银机，残酷无情，没有人性。

乔：　　什么？

凯瑟琳：我刚刚有了一项突破。

乔：　　什么突破？

凯瑟琳：这要感谢你，在我人生中第一次当面面对一个恐怖、冷漠的家伙时，我确切知道了自己想说什么，并且说了出来。

乔：　　噢，我认为你有这方面的天赋。刚才真是诗意加卑劣啊。

凯瑟琳：卑劣，我来告诉你什么叫卑劣……

乔：　　别误会我的意思。我只是想夸夸你。

凯瑟琳：噢，哦，你动它干吗？你想干什么？

乔：　　这是一朵红色的玫瑰吗？不，你知道这是一朵深红色的玫瑰。一定是哪本书里读到的东西。

凯瑟琳：你觉得可笑是吗？对于你一切都是开玩笑。你走吧。走吧，真的。我求求你了……谢谢。

乔：　　你知道那块手帕让我想到什么？

凯瑟琳：哦……

乔：　　我见到你的第一天。

（选自看英语电影做口语模仿训练：《电子情书》You Are Nothing but a Suit. http://www.en8848.com.cn/kouyu/learnfilm/dykymf/192092.html. 2016－11－20. 有删减）

【注释】

[1] coincidence：*n.* 巧合

[2] sentimental：*adj.* 多愁善感的

[3] mocha chino：一种饮料，由巧克力、咖啡和牛奶混合而成

[4] non-fat：*adj.* 脱脂的

[5] gee：*int.* 惊讶时所发声音

[6] cash register：收银机
[7] breakthrough：*n.* 突破，突破性进展
[8] confront：*vt.* 使面对，遭遇
[9] insensitive：*adj.* 感觉迟钝的
[10] blend：*n.* 混合
[11] meanness：*n.* 无聊卑劣
[12] compliment：*n.* 称赞，恭维
[13] crimson：*adj.* 深红色的
[14] hanky：*n.* 手帕

【思考】

你对网上交友这种方式如何看待？对于这种交友方式你觉得要注意哪些？

四　Nurse No Long Grief

别再郁郁寡欢

【导言】

玛丽·吉尔摩(Mary Gilmore，1865—1962)，澳大利亚著名女诗人。她因为引用澳大利亚土著人话语来表现他们的生活而在澳大利亚文学史上占有重要的地位。出版有《结婚和其他》《热情的心》《战场》等多部诗集。她的诗洋溢着爱国主义和人道主义精神，散发着澳大利亚丛林的芬芳和泥土气息，想象丰富，风格质朴、率直、热烈，用词简洁明了。

【诗歌】

Oh, could we weep,
and weeping bring relief!
But life asks more than tears
and falling leaf.
Though year by year

Tears fall and leaves are shed,
Spring bids[1] new sap arise,
and blood run red.
Nurse no long grief[2]
Lest the heart flower no more;
Grief builds no barns, its plough[3]
Rusts at the door.

哦,是否能听任泪水纷飞,
让哭泣带来心灵的解脱!
可生活需要的远不止泪水
和枯叶的飘落。
纵然,年复一年泪水总要落下,枯叶总要凋零,
春天会把崭新的生机笑迎,
让血液再次热情涌动。
别再郁郁寡欢
让心头之花永不能绚美绽放;
悲哀怎能筑起谷仓
它只会弃犁门畔任其锈亡。

(选自马钟元、陈丽敏《每天读点英文 经典英文诗歌全集》,中国宇航出版社 2015 年版)

【注释】

[1] bid: *n.* 出价,投标; 努力争取; 喊价; 叫牌
vt. 出价, 投标
vt. 恳求; 命令; 说(问候话); 邀请,致敬
[2] grief: *n.* 悲伤; 悲痛; 悲伤的事
[3] plough: *n.* 犁; 耕作,耕地

【赏析】

这首《别再郁郁寡欢》是吉尔摩的一首著名短诗,感情丰富,语言精练,于简单的形式中蕴藏着富有哲理的人生感悟。人生无论长短,总有一些事情会让人无限伤悲,可哭泣带来的只是片刻的解脱,人生注定还要继续。所以,切莫让悲伤在心里层层堆砌,只有这样,才能让心花再次绚烂绽放。

【思考】

你读完本诗后有什么样的体会?

五 Memory
回 忆

【导言】

伊莲·佩姬(Elaine Paige)是现代音乐剧史上的重要人物,人称“英国音乐剧第一夫人”。1978 年,佩姬被选中出演《贝隆夫人》中的贝隆夫人这一角色,一炮而红,夺得了当年伦敦西区各种音乐剧评选的重要奖项。1981 年,佩姬出演音乐剧《猫》中的 Grizabella,首唱了经久不衰的歌曲《回忆》。佩姬的歌声轻吟低唱时音质极为甜美,但到了激情处,歌声宏大奔放,演唱收放自如,极为老练。

【歌曲】

Midnight
Not a sound from the pavement
Has the moon lost her memory?
She is smiling alone
In the lamplight
The withered leaves collect at my feet
And the wind begins to moan
Memory
All alone in the moonlight
I can smile at the old days
Life was beautiful then
I remember
The time I knew what happiness was
Let the memory live again
Every street lamp

Seems to beat a fatalistic warning
Someone mutters
And a street lamp gutters
And soon it will be morning
Daylight
I must wait for the sunrise
I must think of a new life
And I mustn't give in
When the dawn comes
Tonight will be a memory too
And a new day will begin
Burnt out ends of smoky days
The stale cold smell of morning
The street lamp dies
Another night is over
Another day is dawning[2]
Touch me
It's so easy to leave me
All alone with my memory
Of my days in the sun
If you touch me
You'll understand what happiness is
Look a new day has begun

午夜
人行道上悄无声息
月亮姑娘莫非失去了记忆？
何以独她笑盈盈
站在街灯下
枯叶都朝我脚下聚拢
风渐起呜咽声碎
回忆
在月光下孤身一人
忆往昔我心潮澎湃泛涟漪

那时的生活多么美
仍怀念
我真正体会幸福含义的那时光
让记忆中的日子回归
每一盏街灯
似乎都在跳动着生命将息的告急
有人喃喃细语
接着一盏街灯在风中摇曳
早晨很快就要来临
日光
我得等待旭日喷薄而出
我得构思一个崭新生活
我不得屈膝让步
一旦黎明来临
今夜也将成为记忆
新的一天就要开启
燃烧吧,结束这如烟的日子
驱走这阴冷的清晨腐气
随着那街灯熄灭
又一个夜晚就要过去
又一个白天破晓待出
抱抱我
扔下我独自一人
怀着对阳光日子的追忆
这显然轻而易举
而你只需抱抱我
你将会领悟什么是真正幸福
看呀,新的一天已经开启

(选自李音等《经典英文歌曲命令》,中国宇航出版社 2013 年版)

【注释】

[1] She … moan:歌词运用了拟人手法,“月亮在独自微笑”,“寒风开始悲鸣”,将午夜的孤独凄凉赋予月亮和寒风等物,使感情表达更深细腻。

[2] Another … dawning:回忆是美好的,但逝去的都已成为过往,再也回不来。

【思考】

了解歌剧《猫》讲述的主要故事。

六 Transformers

变形金刚

【导言】

《变形金刚》是基于风靡全球的“变形金刚”系列玩具产品改编，由派拉蒙电影公司联合梦工场影业出品的一部科幻动作片。影片讲述了一个名叫萨姆·维特维奇(Sam Witwicky)的少年，机缘巧合被卷入了代表正义及英勇的汽车人和代表邪恶及奸诈的霸天虎之间的战争的故事。汽车人和霸天虎是来自同一个外来星球，但立场相互对立的两派机械生命体，它们既可以变形成立即战斗的机械人，也可以变形成人类生活中各种常见的机械体。《变形金刚》第一部于2007年7月3日在美国上映。

【台词】

场景介绍：在洛杉矶格里菲斯天文台，擎天柱和同伴在对话。

出场人物：Optimus(擎天柱)，Jazz(爵士)，Ratchet(救护车)，Ironhide(铁皮)

Optimus: Please, let this work.

Jazz: Fire it up, Optimus.

Optimus: The code[1]... the code on these glasses indicates[2] the All Spark[3] is 230 miles from here.

Ratchet: I sense the deceptions[4] are getting ready to mobilize[5].

Ironhide: They must know it's here, as well.

Jazz: What about bumblebee[6]? We can't leave him to die and become some human experiment.

Optimus: He will die in vain[7] if we don't accomplish[8] our mission. Bumblebee is a brave soldier. This is what he would want.

Ironhide: Why are we fighting for the humans? They are a primitive[9] and violent[10] race.

Optimus: Were we so different? They are a young species. They have much to learn. But I've seen goodness in them. Freedom is the right of all sentient beings. You all know there's only one way to end this war. We must destroy the Cube. If all else fails, I will unite it with the spark in my chest.

Ratchet: That's suicide. The Cube is raw power. It will destroy you both.

Optimus: A necessary sacrifice to bring peace to this planet. We cannot let humans pay for our mistakes. It's been an honor serving with you all. Autobots, roll out! No sacrifice, no victory. With the All Spark gone, we cannot return life to our planet. And fate has yielded its reward, a new world to call home. We live among its people now, hiding in plain sight, but watching over them in secret, waiting, protecting. I have witnessed their capacity for courage. And though we are worlds apart, like us, there's more to them than meets the eye. I am Optimus Prime and I send this message to any surviving Autobots taking refuge among the stars. We are here. We are waiting.

擎天柱: 拜托,希望有用。

爵士: 启动吧,老大。

擎天柱: 代码……眼镜里的代码显示火种源在离这里230英里处。

救护车: 我感觉到霸天虎已经开始行动了。

铁皮: 他们也一定知道火种源在这里。

爵士: 大黄蜂怎么办?我们不能就这样眼睁睁地看着他被他们当作实验品。

擎天柱: 如果我们不完成任务的话,他的牺牲就白费了。大黄蜂是名勇敢的战士,这会是他所希望的。

铁皮: 为什么我们要为拯救人类而战?他们是个原始而残暴的种族。

擎天柱: 我们以前不也是吗?他们是个年轻的种族,还有很多要学。但我看到过他们的优点。自由是所有有情感的生物之希望。你们都知道结束这战争只有一个办法。我们必须消灭能量体。如果其他办法都失败的话,我会将它与我胸中之火光相结合。

救护车: 那是自杀行为。能量体的能源非常不稳定。可能会造成韩魏相攻。

擎天柱： 为这星球的和平，牺牲是在所难免的。我们不能让人类为我们的错误而偿命。很荣幸与你们共战至今。汽车人，出发！没有付出，就没有胜利。火种源被摧毁，我们已经无法回到自己的星球。造化弄人，我们现在有了一个新家叫地球。我们已经和这里的人民共同生活，藏在他们的眼皮之下，也在悄悄地保护他们，等待，保护。我目睹了他们的勇气，尽管和我们来自不同世界，但像我们一样，他们也不可貌相。我是擎天柱，在这里召唤所有在宇宙中流亡的汽车人。我们在这里，等待……

（选自 *Transformers* 经典台词. http://wenku. baidu. com/link? url = D3SkPH41MefYpIcj7P8zuRNmf5m-LVENiiJLdY7OTYZg2M0KvNc1VCQa5FOmwmU4Gfj7HBv9 - ePOsPeG8101JT - me4kvstTrTeGl _ DTdbUp7. 2016 - 11 - 20. 有改动）

【注释】

[1] code：*n.* 代码，密码
[2] indicate：*vt.* 表明；指出；预示
[3] the All Spark：火种源
[4] deception：*n.* 欺骗，欺诈
[5] mobilize：*v.* 组织，动员起来
[6] bumblebee：*n.* 大黄蜂
[7] in vain：徒然；无效
[8] accomplish：*vt.* 完成；实现
[9] primitive：*adj.* 原始的
[10] violent：*adj.* 暴力的

【思考】

影片中擎天柱和霸天虎是相互对立的两派，从节选的台词中，你能看出擎天柱具备哪些品质吗？

七 Saying Good-bye to Cambridge Again

再别康桥

【导言】

徐志摩(1897—1931),现代诗人、散文家。原名章垿,字槱森,留学英国时改名志摩,是新月派代表诗人。1915年毕业于杭州一中,先后就读于上海沪江大学、天津北洋大学和北京大学。1918年赴美国克拉克大学学习银行学。十个月即告毕业,获学士学位,得一等荣誉奖。同年,转入纽约的哥伦比亚大学的研究院,进经济系。1921年赴英国留学,入剑桥大学当特别生,研究政治经济学。在剑桥两年深受西方教育的熏陶及欧美浪漫主义和唯美派诗人的影响,奠定其浪漫主义诗风。1923年成立新月社。1924年任北京大学教授。1926年任光华大学、大夏大学和南京中央大学(1949年更名为南京大学)教授。1930年辞去了上海和南京的职务,应胡适之邀,再度任北京大学教授,兼北京女子师范大学教授。1931年11月19日因飞机失事罹难。代表作有《再别康桥》《翡冷翠的一夜》等。

【诗歌】

Very quietly I take my leave
As quietly as I came here;
Quietly I wave good-bye
To the rosy clouds in the western sky.
The golden willows by the riverside
Are young brides in the setting sun;
Their reflections[1] on the shimmering waves
Always linger[2] in the depth of my heart.
The floating heart growing in the sludge
Sways leisurely under the water;
In the gentle waves of Cambridge

I would be a water plant!
That pool under the shade of elm trees
Holds not water but the rainbow from the sky;
Shattered to pieces among the duckweeds
Is the sediment of a rainbow-like dream?
To seek a dream? Just to pole a boat upstream
To where the green grass is more verdant;
Or to have the boat fully loaded with starlight
And sing aloud in the splendor of starlight.
But I cannot sing aloud
Quietness is my farewell music;
Even summer insects heap[3] silence for me
Silent is Cambridge tonight!
Very quietly I take my leave
As quietly as I came here;
Gently I flick my sleeves
Not even a wisp of cloud will I bring away.

轻轻的我走了，
正如我轻轻的来；
我轻轻的招手，
作别西天的云彩。
那河畔的金柳，
是夕阳中的新娘；
波光里的艳影，
在我的心头荡漾。
软泥上的青荇，
油油的在水底招摇；
在康桥的柔波里，
我甘心做一条水草！
那榆荫下的一潭，
不是清泉，
是天上虹，揉碎在浮藻间，
沉淀着彩虹似的梦。

寻梦？撑一支长篙，
向青草更青处漫溯，
满载一船星辉，
在星辉斑斓里放歌。
但我不能放歌，
悄悄是别离的笙箫；
夏虫也为我沉默，
沉默是今晚的康桥！
悄悄的我走了，
正如我悄悄的来；
我挥一挥衣袖，
不带走一片云彩。

（选自马钟元、陈丽敏《每天读点英文 经典英文诗歌全集》，中国宇航出版社2015年版）

【注释】

[1] reflection：*n.* 反射；沉思；映象
[2] linger：*vi.* 徘徊；苟延残喘；磨蹭
vt. 消磨；缓慢度过
[3] heap：*n.* 堆；许多；累积
vt. 堆；堆积
vi. 堆起来

【赏析】

这首《再别康桥》是徐志摩的代表作，全诗一气呵成，荡气回肠，是对徐志摩“诗化人生”的最好描述。最后一节以三个“悄悄的”与开篇回环对应。这种主客观合一的架构既是妙手偶得，也是千锤百炼之功。作品行文流畅，音律优美，画面动人，完美体现了诗人主张“艺术诗”的追求。

【思考】

请独立朗诵这首英文诗歌。

八　Waving Flag

飘扬的旗帜

【导言】

2010年世界杯期间，可口可乐公司公布了2010南非世界杯的主题推广歌。一首叫作《飘扬的旗帜(Waving Flag)》的歌曲被推广给大众。演唱者为31岁的歌手克南(K'naan)。克南出身于索马里的一个艺术之家，由于国内局势动荡，13岁随家人移居加拿大，但他仍然心系索马里，创作的很多歌曲都和索马里局势相关。

【歌曲】

Give me freedom, give me fire[1]
Give me reason, take me higher
See the champions, take the field now[2]
Unify us, make us feel proud
In the streets our hands are lifting[3]
As we lose our inhibition
Celebration, it's around us, every nation, all around us
Singing forever young
Singing songs underneath the sun
Let's rejoice in the beautiful game
And together at the end of the day
We all say
When I get older, I will be stronger
They'll call me freedom, just like a waving flag
When I get older, I will be stronger
They'll call me freedom, just like a waving flag
Now waving your flag
(*Repeat*)
And then it goes back

And everybody will be singing it
And we all will be singing it

给我自由,给我力量,
给我目标,飞向更高。
看那奖杯,熠熠生辉,
球场沉醉,凯旋而归。
走上街头,挥舞双手,
所有忧愁,抛之脑后。
欢乐祥和,这里聚合,
没有隔阂,一起庆贺。
为青春而歌唱,
上空是火烈的骄阳,
我们都参与球场上,
一起在结束时更奋亢。
一起唱:
当我年龄增长,我会变得更强。
自由如我,
像旗帜飘扬。
(重复)
返璞归真,
每个人都将唱响,
唱响在每方土地。

(选自李音等《经典英文歌曲命令》,中国宇航出版社2013年版)

【注释】

[1] Give me freedom, give me fire: fire 指心中燃烧的烈焰,形象地表达了对足球、对生活激情澎湃的热爱。

[2] See the champions, take the field now: see 指胜利在望,是鼓舞士气的说法;take the field 意为“比赛开始,上阵”。

[3] In the streets our heads are lifting: lifting 有“上升”之意;heads are lifting 描绘出一幅大街小巷人头攒动,为迎接盛世比赛的画面。

【思考】

2010 年世界杯是在哪个国家举行的? 哪个国家取得了冠军?

九　The King's Speech
国王的演讲

【导言】

《国王的演讲》是由汤姆·霍珀执导，科林·费斯、杰弗里·拉什主演的英国电影。影片讲述了1936年英王乔治五世逝世，王位留给了患严重口吃的艾伯特王子，后艾伯特在语言治疗师莱昂内尔·罗格的治疗下，终于克服障碍，在二战前发表鼓舞人心的演讲的故事。该影片在第35届多伦多电影节获得了最高荣誉观众选择大奖。在2011年第83届奥斯卡上获得12项提名，并最终拿到最佳影片、最佳导演、最佳男主角、最佳原创剧本四项大奖。

【台词】

场景介绍：艾伯特的妻子伊丽莎白想请治疗师莱昂内尔帮助艾伯特纠正口吃，所以亲自来到诊所了解情况。

出场人物：Elizabeth（伊丽莎白），Lionel（莱昂内尔）

Elizabeth: Hello. Is anyone there?

Lionel: I'm just in the loo[1]. Ah, Mrs. Johnson, there you are[2]. Sorry I don't have a receptionist[3]. I like to keep things simple. "Poor and content is rich and rich enough."

Elizabeth: Sorry?

Lionel: Shakespeare. How are you?

Elizabeth: How do you do?

Lionel: Ah, traveling alone. Now, this is slightly awkward[4]. But I'm afraid you're late.

Elizabeth: Yes, I'm afraid I am.

Lionel: Where's Mr. Johnson?

Elizabeth: He doesn't know I'm here.

Lionel: That's not a very promising start.

Elizabeth: No. No. My husband has seen everyone to no avail[5]. Awfully afraid he's given up hope.

Lionel: He hasn't seen me.

Elizabeth: You're awfully sure of yourself.

Lionel: Well, I'm sure of anyone who wants to be cured.

Elizabeth: Of course he wants to be cured. My husband is, he's required to speak publicly.

Lionel: Perhaps he should change jobs.

Elizabeth: He can't.

Lionel: Indentured[6] servitude[7]?

Elizabeth: Something of that nature[8]. Yes.

Lionel: Well, we need to have your hubby pop by … Tuesday would be good …

伊丽莎白: 您好。有人在吗?

莱昂内尔: 我刚才在厕所。啊,约翰逊夫人,您来了。抱歉,我这儿没有接待员。我喜欢凡事简单点儿,正所谓"人能安贫即是富"嘛。

伊丽莎白: 什么?

莱昂内尔: 莎士比亚的名言。您好。

伊丽莎白: 您好。

莱昂内尔: 啊,您一个人来的啊?说起来有点尴尬,好像您迟到了。

伊丽莎白: 是的。

莱昂内尔: 约翰逊先生呢?

伊丽莎白: 他不知道我在这儿。

莱昂内尔: 这个头开得不太好。

伊丽莎白: 是啊,我丈夫久治不愈,恐怕已经放弃希望了。

莱昂内尔: 那是他还没有来我这儿治。

伊丽莎白: 你真有自信。

莱昂内尔: 只要他想治,我相信就一定能治好。

伊丽莎白: 他当然想治。我丈夫需要在公众场合演讲。

莱昂内尔: 也许他应该换个工作。

伊丽莎白: 他换不了。

莱昂内尔: 签了卖身契?

伊丽莎白: 差不多吧。是的。

莱昂内尔: 那得让你丈夫过来下,周二吧……

(选自马钟元《每天读点英文 经典电影对白全集》,中国宇航出版社2012年版)

【注释】

[1] loo: *n.* (英国俚语)厕所,洗手间

[2] there you are: 你来了

[3] receptionist: *n.* 接待员

[4] awkward: *adj.* 尴尬的

[5] to no avail: 无效,完全没有用

[6] indentured: *adj.* 受契约束缚的

[7] servitude: *n.* 劳役,奴役

[8] Something of that nature: 经常用在口语当中,意思是"差不多吧"。语气有些许模棱两可和不确定。日常使用时也常把 nature 省略掉,直接用 Something of that,表示说话者认同对方的话语,但是不想多说。

【思考】

你对莎士比亚的名言"人能安贫即是富"这句话怎样理解?

十　The Lost Love

失去的爱

【导言】

这首诗是威廉·华兹华斯的名篇。威廉·华兹华斯(1770—1850),诗人。"湖畔派"的首领。生于英格兰北部肯勃兰的小城考克茅斯一个律师家庭。毕业于剑桥大学。1843 年被封为桂冠诗人。主要作品有与柯尔律治合著的《抒情歌谣集》(*The Lyrical Ballads*)和长诗《序曲》(*The Prelude*)等。

【诗歌】

She dwelt among the untrodden ways
Beside the springs of Dove;
A Maid whom there were none to praise,
And very few to love:

A violet by a mossy stone
Half hidden from the eye!
—Fair as a star, when only one
Is shining in the sky.

She lived unknown, and few could know
When Lucy ceased to be;
But she is in her grave, and, oh,
The difference to me!

她居住在白鸽泉水的旁边,
无人来往的路径通往四面;
一位姑娘不曾受人称赞,
也不曾受过别人的爱怜。

苔藓石旁的一株紫罗兰,
半藏着没有被人看见!
美丽得如同天上的星点,
一颗唯一的星清辉闪闪。

她生无人知,死也无人唁,
不知她何时去了人间;
但她安睡在梦中,哦可怜,
对于我呵是个地异天变!

(郭沫若　译)

(选自胡家峦《英美诗歌名篇详注》,中国人民大学出版社 2008 年版)

【注释】

[1] untrodden: 人迹罕至的。

[2] the springs of Dove: 鸽泉,可能指德比郡的鸽谷,也可能指约克郡克里夫兰山中一条同名的小河,这两地诗人都曾去过。

[3] violet: 紫罗兰。在西方文化传统中,紫罗兰往往象征卑微、谦恭和温柔的品质,因而始终受到诗人们的喜爱。

[4] Fair as a star: 在世人眼中,那位少女不过是僻壤路边的一棵卑微的紫罗兰,但在诗人看来,她却如同天上唯一美丽灿亮的星星。地下的紫罗兰和天上的亮星这两个意

象实际上有着内在的联系：正是由于她具有紫罗兰所象征的美丽、谦恭和温柔的光辉品质，她才能超凡脱俗，像天上美丽的星星那样独放异彩。

[5] ceased to be：died。

[6] The difference to me：对于我是地异天变；暗示诗人因露茜的故去而感到的悲痛和失落。

【赏析】

这首诗是华兹华斯描写苏格兰山地和湖区农家少女的《露茜组诗》(*Lucy Poems*)中的第1首。原诗无标题，现题为《英诗金库》(*The Golden Treasury*)编者帕尔格雷夫(F. T. Palgrave)所加。现常用该诗第1行"She dwelt among the untrodden ways"作为标题。诗中采用苔藓石旁半隐半现的紫罗兰(violet，第5行)和天空唯一美丽灿亮的星星(star，第7行)这两个鲜明的意象，表现了诗人对于这位"生无人知，死也无人唁"的农家少女的赞美。

本诗包括3节四行诗，大抵采用抑扬格，单数行为四音步，双数行为三音步。各节韵式为abab。

十一　Lemon Tree
柠檬树

【导言】

《柠檬树》是一首由Fool's Garden(愚人花园乐队)于1994年12月4日首唱的乡村歌曲，由Fool's Garden填词谱曲，收录在Fool's Garden 1995年5月发行的专辑《Dish of the Day》中，使这支原本寂寂无闻的德国5人乐队一下子红遍欧洲。在被苏慧伦翻唱后，这首歌也开始为国人熟知。

【歌曲】

I'm sitting here in a boring room
It's just another rainy Sunday afternoon
I'm wasting my time
I got nothing to do
I'm hanging around
I'm waiting for you

But nothing ever happens and I wonder
I'm driving around in my car
I'm driving too fast
I'm driving too far
I'd like to change my point of view
I feel so lonely
I'm waiting for you
But nothing ever happens and I wonder
I wonder how I wonder why
Yesterday you told me about the blue blue sky
And all that I can see is just a yellow lemon tree
I'm turning my head up and down
I'm turning turning turning turning turning around
And all that I can see is just another lemon tree
I'm sitting here
I miss the power
I'd like to go out taking a shower
But there's a heavy cloud inside my head
I feel so tired put myself into bed
Well, nothing ever happens and I wonder
Isolation is not good for me
Isolation, I don't want to sit on a lemon tree
I'm stepping around in the desert of joy
Baby anyhow I'll get another toy
And everything will happen and you wonder
(*Repeat*)
And I wonder, wonder
I wonder how
I wonder why
Yesterday you told me about the blue blue sky
And all that I can see
And all that I can see
And all that I can see
Is just a yellow lemon tree

我坐在这个无聊的房间里
周日的午后又下着雨
除了消磨时间
我没什么事情可做
我徘徊
我在等待你的到来
但什么也没有发生
我很诧异
我开着车四处闲逛
我开得太快
也开得太远
我想换一个角度看待一切
我觉得好寂寞
我在等着你
但什么也没有发生
我很诧异
我想知道怎么了
我想知道为什么
昨天你还跟我说天空好蓝好蓝
但我却只看到一棵黄色的柠檬树
我晃着脑袋,上下观望
我转来转去,转来转去,转来转去
看到的只是另一棵黄色的柠檬树
我坐在这里
我浑身乏力
我想出去淋淋雨
但脑海里萦绕着一片乌云
我觉得好累,只想躺在床上
什么事也没发生,我很诧异
孤独并不适合我
我不想孤独地坐在柠檬树上
我漫步在快乐的沙洲上
宝贝,无论如何我会找到另一个乐趣
一切皆有可能,到时候诧异的是你

(重复)
我很诧异,我很诧异
我想知道怎么了
我想知道为什么
昨天你还跟我说天空好蓝好蓝
但我却只能看到
但我却只能看到
但我却只能看到
看到一棵黄色的柠檬树

(选自李音等《经典英文歌曲命令》,中国宇航出版社2013年版)

【思考】

这首歌抒发了作曲者什么样的心情?

十二 Pirates of Caribbean

加勒比海盗

【导言】

《加勒比海盗》系列电影是由戈尔·维宾斯基、乔阿吉姆·罗恩尼以及艾斯彭·山德伯格执导,约翰尼·德普、奥兰多·布鲁姆、凯拉·奈特莉等人主演的奇幻冒险电影。系列电影包括《加勒比海盗:黑珍珠号的诅咒》《加勒比海盗:聚魂棺》《加勒比海盗:世界的尽头》《加勒比海盗:惊涛怪浪》以及《加勒比海盗:死无对证》共5部。影片主要讲述了几个海盗的恩恩怨怨:海盗船长杰克被另一个海盗船长抛弃在荒岛上,他的"黑珍珠"海盗船被骗走;巴博萨船长需要一个特殊的东西来解开月光下变成骷髅的咒语;铁匠威尔其实是海盗之子,但他自己并不知情,他只是把小时候留下的"传家宝"送给了心上人。

【台词】

场景介绍： 杰克船长救了落水的伊丽莎白，她的父亲斯旺总督想要杀了杰克船长，双方陷入了僵持，最终杰克船长顺利脱身。

出场人物： Gov. Swann(斯旺总督), Elizabeth(伊丽莎白), Norrington(诺林顿), Jack(杰克), Thin Soldier(瘦士兵), Fat Soldier(胖士兵)

Gov. Swann: Elizabeth! Are you all right?

Elizabeth: Yes, I'm fine.

Gov. Swann: Shoot him.

Elizabeth: Father.

Gov. Swann: What?

Elizabeth: Commodore[1], do you really intend to kill my rescuer[2]?

Norrington: I believe thanks are in order. Had a brush with the East India Trading Company, did we pirate[3]?

Gov. Swann: Hang him.

Norrington: Keep your guns on him, men. Gillette, fetch[4] some irons. Well, well. Jack Sparrow, isn't it?

Jack: Captain Jack Sparrow, if you please, sir.

Norrington: Well, I don't see your ship, Captain.

Jack: I'm in the market, as it were.

Thin Soldier: He said he'd come to commandeer one.

Fat Soldier: Told you he was telling the truth. These are his, sir.

Norrington: No additional shot or powder. A compass[5] that doesn't point North. And I have expected it to be made of wood. You are without doubt the worst pirate I've ever heard of.

Jack: But you have heard of me.

Elizabeth: Commodore I really must protest[6]. Carefully, Lieutenant[7]. Pirate or not, this man saved my life.

Norrington: One good deed is not enough to redeem[8] a man of a lifetime of wickedness.

Jack: Though it seems enough to condemn[9] him.

Norrington: Indeed.

Jack: Finally. (*Throws his irons around Elizabeth's neck.*)

Gov. Swann: No. No! Don't shoot!

Jack: I knew you'd warm up to me. Commodore Norrington, my effects, please. And my hat. Commodore. It is Elizabeth, isn't it?

Elizabeth: It's Miss Swann.

Jack: Miss Swann, if you'd be so kind. Come, come, dear. We don't have all day. Now if you'll be very kind. Easy on the goods, darling.

Elizabeth: You're despicable[10].

Jack: Sticks and stones[11], love. I saved your life. You save mine. We're square[12]. Gentlemen, milady, you will always remember this as the day that you almost caught Captain Jack Sparrow.

斯旺总督: 伊丽莎白,你还好吗?

伊丽莎白: 是的,我很好。

斯旺总督: 把他毙了!

伊丽莎白: 父亲!

斯旺总督: 怎么了?

伊丽莎白: 准将,你真想杀了我的救命恩人吗?

诺林顿: 我想我们该感谢你。和东印度公司打过交道,是吗,海盗?

斯旺总督: 绞死他。

诺林顿: 拿枪瞄准他,伙计们。吉勒特,拿镣铐来。好,好,杰克·斯帕罗,是吗?

杰克: 请叫我杰克·斯帕罗船长,如果你愿意的话,先生。

诺林顿: 好吧,我怎么没看见你的船,“船长”。

杰克: 可以说我正是来买船的。

瘦士兵: 他说他是来抢船的。

胖士兵: 我告诉过你,他说的是实话。这些是他的,先生。

诺林顿: 没有备用的枪支和弹药,一个指不到北的指南针,我还以为是木头做的。毫无疑问,你是我听说过的最差劲的海盗。

杰克: 但你应该听说过我。

伊丽莎白: 准将,我抗议。小心点,中尉。不管这个人是不是海盗,他救了我的命。

诺林顿: 一件善举并不能抵偿一个人一辈子犯下的罪恶。

杰克: 看起来善举是让人受惩罚的。

诺林顿: 的确。

杰克: 那只能如此了!(他用手铐围住了伊丽莎白的脖子。)

斯旺总督: 不,不,别开枪!

杰克： 我知道你喜欢海盗，诺林顿准将，请把我的东西，还有我的帽子还给我，准将！伊丽莎白，是吗？

伊丽莎白： 是斯旺小姐。

伊丽莎白： 你真卑鄙。

杰克： 斯旺小姐，如果你配合，我们不会待上很久的，只要你表现好。现在，别太紧张，亲爱的。

杰克： 诬陷我了，亲爱的。我救了你，你又救了我，我们扯平了。先生们、女士，你们会永远记得今天，因为你们差点捉住了杰克·斯帕罗船长。

［选自《难以忘怀电影对白15：加勒比海盗》场景1(mp3+双语). http://www.en8848.com.cn/kouyu/learnfilm/dianyingduibai/215903.html. 2016-11-20. 有改动］

【注释】

[1] commodore: *n.* 海军准将；舰队司令官

[2] rescuer: *n.* 救援者

[3] pirate: *n.* 海盗；盗版者

[4] fetch: *vt.* 取来

[5] compass: *n.* 指南针；圆规

[6] protest: *v.* 抗议；反对

[7] lieutenant: *n.* 中尉

[8] redeem: *vt.* 赎回；弥补；偿还

[9] condemn: *vt.* 谴责；判刑

[10] despicable: *adj.* 可鄙的；卑劣的

[11] sticks and stones: 字面意思是“棍棒和石头”，此处指“诬陷”。西方传统道德观念认为名誉很重要，人应该检点自己的行为。但只要自己不危害社会和他人，不违反法律，他人如何评价自己并不重要。所以，遇到流言蜚语时并不感到害怕，而是觉得无所谓。完整的谚语是：Sticks and stones may break my bones, but words will never hurt me. 意思是棍棒、石头可能打断我的骨头，但话语决不会伤害我。

[12] square: *adj.* 公正的

【思考】

根据节选的台词，你推测海盗杰克船长是个怎样的人？

十三 As I Walked Out One Evening

当我在某个夜晚漫步

【导言】

威斯坦·休·奥登(Wystan Hugh Auden,1907—1973),英国出生的美国诗人、剧作家、文学评论家,被认为是艾略特以后英美最有影响力的诗人。毕业于牛津大学。代表作有《西班牙》《新年书信》《忧虑的时代》等。

20世纪30年代,奥登崭露头角,成为新一代诗人代表和左翼青年作家领袖。1939年移居美国,后入美国籍并皈依基督教。前期创作多涉及社会和政治题材,后期转向宗教。以能用从古到今各种诗体写作著称。奥登对新一代的诗人的影响是巨大的,他的学识、社会责任感,以及在诗歌创作的特色、水平方面使其堪称现代诗学的典范。他用现代社会生活的内容和语言创造了英国诗歌的新风格和新意境。

《当我在某个夜晚漫步》写于1937年11月,诗中主要表达了作者“爱邻如己”的思想。

【诗歌】

As I walked out one evening.

Walking down Bristol Street, the crowds upon the pavement[1] were fields of harvest wheat.

And down by the brimming river I heard a lover sing under an arch of the railway:

“Love has no ending. I'll love you, dear, I'll love you Till China and Africa meet, and the river jumps over the mountain, and the salmon sing in the street.

I'll love you till the ocean is folded and hung up to dry, and the seven stars go squawking[2] like geese about the sky.

The years shall run like rabbits, for in my arms I hold the flower of the ages, and the first love of the world.”

But all the clocks in the city began to whirr and chime: “O let not Time deceive you, you cannot conquer time."

In the burrows of the nightmare where justice naked is, time watches from the shadow and coughs when you would kiss.

In headaches and in worry vaguely life leaks away, and time will have his fancy tomorrow or today.

Into many a green valley drifts the appalling snow;
Time breaks the threaded dances and the diver's brilliant bow.
"O plunge your hands in water; Plunge them in up to the wrist;
Stare, stare in the basin and wonder what you've missed."
The glacier knocks in the cupboard, The desert sighs in the bed.
And the crack in the tea-cup opens a lane to the land of the dead.
Where the beggars raffle the banknotes and the giant is enchanting to Jack.
And the Lily-white boy is a roarer, and Jill goes down on her back.
"O look, look in the mirror, O look in your distress;
Life remains a blessing although you cannot bless.
O stand, stand at the window as the tears scald and start;
You shall love your crooked neighbour with your crooked heart."
It was late, late in the evening. The lovers they were gone;
The clocks had ceased their chiming, and the deep river ran on.

当我在某个夜晚漫步。

行走在布里斯托尔大街上,道路上满是人群,就像小麦正待收割的田野。

紧挨着那条水波四溢的河流,在那铁路桥的桥拱下,我听见一个情人在那儿歌唱:

“爱情永无止境。我将爱你,亲爱的,我会永远爱你,直到中国和非洲会合,直到河水从山脉上越过,那鱼儿也能跑到大街上歌唱。

我会爱你,直到大海折叠,挂起来晒干,直到七星改变了形状,仿佛天空中一只天鹅在鸣叫。

时光犹如野兔般向前飞奔,但我的手臂间还抱着古老的鲜花——还有对这世界最初的爱。”

但是城市里所有的时钟开始发出阵阵轰鸣:“啊,不要让时间把你欺骗,你不可能战胜时间。”

在噩梦的洞穴深处有的是赤裸裸的公理,那时间在阴影中观察,在你想要亲吻时咳嗽提示。

在头疼和焦虑中,生命不知不觉中逝去,时间的幻想终会实现,不在今朝就在明日。

曾经绿荫葱茏的山谷,弥漫着骇人的大雪;
时间打断如织的舞步,还有跳水人的华丽躬身。
“啊,把你的双手伸进水里,让水流漫过你的手腕;
凝视,凝视盆中,想想你究竟错过了什么。”
冰河撞击着你的碗橱,沙漠在你的床铺上叹息,
茶杯上的裂缝变大了,打开了一条通往死域的路。
在那儿乞丐中彩得了钞票,杰克被那巨奖迷惑得神魂颠倒,
那纯真无邪的男孩在咆哮,吉尔躺倒在地上。
“哦,快看,快看那面镜子,看看镜中你的忧愁;
尽管你无法祈福,生活还是上天的赐福。
哦,站起来,快站到窗前,你滚烫的热泪开始流滴;
你应该用你那颗扭曲的心,去爱那些狡诈的邻居。”
已经是很深很深的夜晚。那些情人们早已离去,
时钟停止了奏鸣,只留下深深的水流继续流淌。

(英文选自 W. H. Auden. “Two Bestiaries”. *The Dyer's Hand and Other Essays*. 1962 年版;中文来自于 http://www. vkandian. cn/article/693539/)

【注释】

[1] pavement: *n.* 人行道
[2] squawk: *vi.* 抗议;发出响而粗的叫声;大声抱怨
n. 抗议;叫声;诉苦;故障
vt. 粗声叫出;诉苦

【赏析】

在本诗中,伴随着漫步的过程和途中的所见所闻,诗人思考了人生的困境和解脱的出路。孤独是人生的根本境遇,想要摆脱空虚,人们试图用让爱情永恒,然而万事万物都处在此消彼长的循环变幻中,没有什么是永恒不变的。当爱情幻灭后,历经苦难的人们选择从小爱走向大爱,跳出自我局限,爱邻人,爱这个世界,为邻人和这个世界奉献自己的温暖,自己也从中获得安宁和满足。

【思考】

找找文中哪些句子表达出了作者“爱邻如己”的思想。

十四　Heal the World
拯救世界

【导言】

“Heal the World”是由迈克尔·杰克逊编词、编曲并演唱的公益性歌曲三部曲之一，被誉为“世界上最动听的歌曲”。创作于1991年，是为了配合迈克尔自己的同名慈善组织所作，词曲作者都是由迈克尔。歌曲一开头，便是孩子们的嬉笑声、哭声……这也许是让我们从歌曲中体会到童真的可贵和重要性。迈克尔唱出了发自内心的心声。用心去聆听，就能体会歌曲当中流露出的情感。迈克尔的唱腔呈中性，体现了无与伦比的高超唱功，是当之无愧的“假音之王”！他的声音似乎来自另一空间，纯洁而又充满童真。他用这纯洁的歌声洗净了人们的内心，挖掘了人心的善良。听了“Heal the World”之后，你会感到周围是充满爱心的，生活是充满希望的，感到改善这个世界的任务是重大的。只有世界没有了战争，儿童才是幸福的，地球才是美丽的。这首歌可谓旷世奇作，触动着人们的心弦，给人们留下的思考也很多。

【歌曲】

(A child saying ...)
There's a place in your heart
And I know that it is love
And this place it was brighter than tomorrow
And if you really try
You'll find there's no need to cry
In this place you'll feel there's no hurt or sorrow
There are ways to get there
If you care enough for the living
Make a little space
Make a better place
Heal the world
Make it a better place
For you and for me and the entire human race
There are people dying

If you care enough for the living
Make a better place for you and for me
If you want to know why
There's a love that cannot lie
Love is strong
It only cares for joyful giving
If we try
We shall see
In this bliss
We cannot feel fear or dread
We stop existing
And start living
Then it feels that always
Love's enough for us growing
Make a better world
Make a better world
Heal the world
Make it a better place
For you and for me and the entire human race
There are people dying
If you care enough for the living
Make a better place for you and for me
And the dream we were conceived in
Will reveal a joyful face
And the world we once believed in
Will shine again in grace
Then why do we keep strangling life
Wound this earth
Crucify its soul
Though it's plain to see
This world is heavenly
Be God's glow
We could fly so high
Let our spirits never die

In my heart I feel you are all my brothers
Create a world with no fear
Together we'll cry happy tears
See the nations turn their swords into plowshares
We could really get there
If you care enough for the living
Make a little space
To make a better place
(*Repeat*)
Heal the world we live in
Save it for our children
(*Repeat*)

(童声旁白……)
在你心中有个地方
我知道那里充满了爱
这个地方会比明天更加灿烂
如果你真的努力过
你会发觉不必哭泣
在这个地方,你感觉不到伤痛或烦忧
到那个地方的方法很多
如果你真心关怀生命
给彼此多一点空间
营造一个更美好的地方
拯救这世界
让它变得美好
为你,为我,为了全人类
不断有人死去
如果你真心关怀生命
就为你,为我,创造一个更加美好的世界
如果你想知道缘由
那是因为有一种爱,它不会说谎
爱是坚强的
爱就是心甘情愿的奉献

如果我们努力尝试
我们将会看见
在这幸福中
我们感觉不到丝毫恐惧或畏忌
我们不仅仅是活着
而是真正开始生活
那爱的感觉将延续下去
爱让我们不断成长
创造一个更美好的世界
创造一个更美好的世界
为你,为我,为了全人类
不断有人死去
如果你真心关怀生命
就为你,为我,创造一个更加美好的世界
我们心中的梦想
将绽放出笑脸
我们曾经信赖的世界
会再次闪烁祥和的光芒
那么为何我们仍在扼杀生命
伤害地球,扼杀它的灵魂
虽然这很容易明白
这世界天生就是上帝的荣光
我们可以在天空高高飞翔
让我们的精神不灭
在我心中你们都是我的兄弟
共同创造一个没有恐惧的世界
我们一起流下喜悦的泪水
看到许多国家铸剑为犁
我们真能达到那里
如果你真心关怀生命
营造一些空间
创造一个更美好的地方
(重复)
治愈我们所生活的世界

为我们的子孙保存它的美丽

(重复)

(选自李音等《经典英文歌曲命令》,中国宇航出版社 2013 年版)

【思考】

你理想中的和平世界是什么样子的?

十五 Casablanca

卡萨布兰卡

【导言】

《卡萨布兰卡》是由美国华纳兄弟影片公司出品的爱情电影,于 1942 年 11 月 26 日在美国上映。影片主要情节:二战爆发后,摩洛哥北部城市卡萨布兰卡成为从欧洲到美国的重要中转站。在小城的里克酒吧,老板里克是个玩世不恭的神秘人物。捷克反纳粹组织的领袖维克多·拉兹洛和妻子伊尔莎来到酒吧,他们想要得到里克手中通往美国的通行证。而里克发现伊尔莎正是自己当年失散的情人,误会解开之后,仍然相爱的里克和伊尔莎陷入了艰难的抉择。里克对伊尔萨的深情让他选择牺牲自己的幸福成全爱人,在卡萨布兰卡的机场,里克击毙了阻止维克多和伊尔莎离开的德国少校,目送自己最爱的女人奔向自由。1944 年,该片在第 16 届奥斯卡奖颁奖礼上获得了最佳影片、最佳导演、最佳剧本三项大奖。2007 年,美国好莱坞编剧协会评选了史上“101 部最伟大的电影剧本”,该片名列第一位。

【台词】

场景介绍:维克多·拉兹洛去找里克,想让里克把去美国的通行证给他,里克拒绝了他。

出场人物:Laszlo(拉兹洛),Rick(里克)

Laszlo: Monsieur[1] Blaine, I wonder if I could talk to you?

Rick: Go ahead.

Laszlo: Well, is there some other place? It is rather confidential[2], what I have to say.

Rick: Come up to my office.

Laszlo: You must know that it's very important I get out of Casablanca. All right. But it's my privilege[3] to be one of the leaders of the great movement. You know what I have been doing. You know what it means to the work, to the lives of thousands and thousands of people that I should be free to reach America and continue my work.

Rick: I'm not interested in politics. The problems of the world are not in my department. I'm a saloon[4] keeper.

Laszlo: That wasn't always your attitude.

Rick: Wasn't it?

Laszlo: My friends in the underground tell me that you have quite a record. You ran guns to Ethiopia. You fought against the Fascists[5] in Spain.

Rick: What of it?

Laszlo: Isn't it strange that you always happened to be fighting on the side of the underdog[6]?

Rick: Yes, I found that an expensive hobby, too. But then I never was much of a businessman.

Laszlo: Are you enough of a businessman to appreciate an offer of 100, 000 francs?

Rick: I appreciate it but I don't accept it.

Laszlo: I'll raise it to 200, 000.

Rick: My friend, you can make it a million francs or three. My answer would still be the same.

Laszlo: There must be some reason why you won't let me have them.

Rick: There is. I suggest that you ask your wife.

Laszlo: I beg your pardon?

Rick: I said, ask your wife.

Laszlo: My wife?

Rick: Yes.

拉兹洛: 布莱恩先生,可以跟你谈谈吗?

里克： 谈吧！

拉兹洛： 嗯，有没有其他的地方？我要说的事情相当机密。

里克： 那到我办公室吧。

拉兹洛： 好吧。你应该知道我离开卡萨布兰卡是相当重要的，我有幸成为伟大运动的领导人之一。你知道我所从事的事业。你知道这项事业意味着什么，为了成千上万人们的生命，我应该自由抵达美国，并继续我的事业。

里克： 我对政治不感兴趣，世界的问题不属于我管，我只是一个酒吧的老板。

拉兹洛： 这并不是你一贯的态度。

里克： 是吗？

拉兹洛： 地下组织的朋友告诉我你的记录挺不错：你曾经向埃塞俄比亚运送过枪支，你在西班牙时同法西斯战斗过。

里克： 那又怎样？

拉兹洛： 你总是碰巧为受压迫者而战，这不是很奇怪吗？

里克： 是的，我还发现这是个挺花钱的嗜好。那时我绝不是个好商人。

拉兹洛： 你是否是个十足的商人就看你对 10 万法郎的价格是否满意？

里克： 我当然满意，但我不会接受。

拉兹洛： 我把价码提到 20 万。

里克： 朋友，你可以提到 100 万或是 300 万法郎，我的答案还是一样。

拉兹洛： 你不让我得到通行证一定有什么原因吧！

里克： 确实有，我建议你去问问你妻子。

拉兹洛： 对不起，请再说一遍。

里克： 我是说，去问问你的妻子。

拉兹洛： 我妻子？

里克： 是的。

［选自《难以忘怀电影对白 33：卡萨布兰卡》场景 2（mp3 + 双语）. http://www.en8848.com.cn/kouyu/learnfilm/dianyingduibai/246872.html. 2016 - 11 - 20. 有改动］

【注释】

［1］Monsieur：*n.*（法语）先生

［2］confidential：*adj.* 秘密的，机密的

［3］privilege：*n.* 特权；荣幸

［4］saloon：*n.* 酒吧

［5］fascist：*n.* 法西斯主义者

［6］underdog：*n.* 处于劣势的一方；牺牲者；受害者；输家

【思考】

从对话来看，你推测酒吧老板里克到底是个怎样的人？

十六 If I Can Stop One Heart from Breaking

如果我能让一颗心免于破碎

【导言】

艾米莉·狄金森（Emily Dickinson，1830—1886），美国传奇诗人，被誉为英美意象派的前驱，但在生前，其诗作却默默无闻。狄金森的诗歌中，总是充满了信仰、神性、生命以及爱。

Emily Dickinson

【诗歌】

If I can stop one heart from breaking,
I shall not live in vain[1];
If I can ease one life the aching,
Or cool one pain,
Or help one fainting[2] robin[3]
Unto his nest again,
I shall not live in vain.

如果我能让一颗心免于破碎，
我就没有白活；
如果我能为一个痛苦的生命带去抚慰，
减轻他的伤痛，
或让一只弱小的知更鸟
回归自己的鸟巢，
我就没有白活。

（选自［美］艾米莉·狄金森著、江枫译《狄金森抒情诗选》，湖南文艺出版社1996年版）

【注释】

[1] in vain：徒然；无效
[2] faint：*adj.* 模糊的；头晕的；虚弱的
vi. 昏倒；变得微弱；变得没气力
[3] robin：*n.* 知更鸟

【赏析】

《如果我能让一颗心免于破碎》在短短的七行文字中，折射出狄金森那博大的慈爱和深刻的同情，这已经不仅仅是西方的基督精神，而是穿透了宗教的束缚，成为一种对生命热情洋溢的赞歌和对于生命自由的仰慕。

【思考】

请细细品味本诗中诗人细腻的情感。

十七　Tomorrow
明　天

【导言】

艾薇儿·拉维尼(Avril Lavigne)，加拿大流行摇滚歌手、歌曲创作者及演员。以歌曲《滑板男孩》(Skater Boy)出名。她的两张专辑，《展翅高飞》与《酷到骨子里》在数个国家的音乐排行榜上达到最前列。2006 年，艾薇儿入选了《加拿大商业杂志》在好莱坞最有影响力的加拿大人排行榜(排行第 17 位)。

这是艾薇儿首张专辑《LET GO》里的一首非常有名的歌曲。一首听着很舒服的歌，简单的歌曲吐露出了词作者的心声：把握当下，珍惜明天。据说这是艾薇儿为她爷爷创作的。

【歌曲】

Let go，and I wanna believe you
When you tell me that it'll be OK

Ya I try to believe you, but I don't
When you say that it's gonna be
It always turns out to be a different way
I try to believe you, not today, today, today, today, today...
I don't know how I'll feel
Tomorrow, tomorrow, tomorrow
I don't know what to say
Tomorrow, tomorrow, tomorrow
Is a different day
It's always been up to you
It's turning around it's up to me
I'm gonna do what I have to do
Just don't
Give me a little time
Leave me alone a little while
Not today, today, today
Maybe it's not too late
today, today, today
I don't know how I'll feel
Tomorrow, tomorrow, tomorrow
I don't know what to say
Tomorrow, tomorrow, tomorrow
is a different day
Hey yeah yeah, hey yeah yeah
And I know I'm not ready
Hey yeah yeah, hey yeah yeah
Maybe tomorrow
Hey yeah yeah, hey yeah yeah
I know I'm not ready
Hey yeah yeah, hey yeah yeah
Maybe tomorrow
And I wanna believe you
When you tell me that it'll be OK
I try to believe you

Not today, today, today, today, today...
Tomorrow it may change

放手吧，我想相信你
当你告诉我会没事
我尝试去相信你，但是我做不到
当你告诉我一切都会来临
世事总是如此多变
我尝试去相信你,但不是今天,不是今天……
我不知道我会有怎么样的感觉
明天，我不知道该怎么说
明天，已经是不同的了
什么事总是由你决定
现在已经改变 那是我决定的
我要做我必须去做的
只是不要
给我一点时间
让我一个人静静地待一会儿
也许现在还不是很晚
不是今天,不是今天
我不知道我会有怎么样的感觉
明天，我不知道该怎么说
已经是不同的了
明天，我知道我还没准备好
也许明天吧
我知道我还没准备好
也许明天吧
我想相信你
当你告诉我会没事
我尝试去相信你
但不是今天,不是今天……
明天也许会改变

（选自 http://baike.baidu.com/item/tomorrow/1537583）

【思考】

请找出这首歌里常用的口语表达。

十八 Saving Private Ryan
拯救大兵瑞恩

【导言】

影片《拯救大兵瑞恩》是美国梦工厂1998年出品的一部战争电影，由史蒂文·斯皮尔伯格执导，汤姆·汉克斯、汤姆·塞兹摩尔和马特·达蒙等联袂出演。影片于1998年7月24日在美国上映。电影描述诺曼底登陆后，瑞恩家4名于前线参战的儿子中，除了隶属101空降师的小儿子二等兵詹姆斯·瑞恩仍下落不明外，其他3个儿子皆已于两周内陆续在各地战死。美国陆军参谋长马歇尔上将得知此事后出于人道考量，特令前线组织一支8人小队，在人海茫茫、枪林弹雨中寻找生死未卜的二等兵詹姆斯·瑞恩，并将其平安送回后方。2014年12月17日，该影片入选2014年美国“国宝影片”名单。

【台词】

场景介绍：一个阳光明媚的下午，小队正经过一片开阔的草地，突然一辆德军坦克出现在视野中。交火结束后，他们意外地找到了瑞恩。

出场人物： Ryan(瑞恩)，Miller(米勒)，Henderson(亨德森)，Soldier(士兵)

Ryan: You came all the way out here to tell me that?

Miller: You're going home. Our orders are to bring you back.

Ryan: Bring me back?

Miller: Corporal Henderson, that'll mean we'd be more shorthanded[1], but orders are orders, any communication about when you're going to be relieved[2] up here?

Henderson: Sir, there's no way to tell, and we've no idea what's happening south of us.

Ryan: I have my orders too, sir. They don't include me abandoning[3] my post.

Miller: I understand that but this changes things.

Ryan: I don't see that it does, sir.

Miller: The Chief of Staff for the United States Army says it does.

Henderson: Sir, our orders are to hold this bridge at all costs. Our planes in the end have taken out every bridge across Murder-revelty with the exception of two. One at Veron and this one here. If we let the Germans take them we're gonna lose our foothold[4] and half of this place.

Miller: Private[5], your outfit[6] wants to stay, that's one thing, but your party is over here.

Ryan: Sir, I can't leave until at least reinforcements[7].

Miller: You got three minutes to gather your gear[8].

Ryan: Sir, what about them? I mean there's barely, hardly...

Soldier: Hey, asshole[9], two of our guys already died for trying to find you, all right?

Ryan: Sir?

Miller: That's right.

Ryan: What were their names?

Soldier: Owen Wade and Adrian Caparzo.

Ryan: Wade and...

Soldier: Caparzo.

Ryan: It doesn't make any sense. It doesn't make any sense, sir. Why, why me? Why do I deserve to go? Why not any of these guys? They all fought just as hard as me.

Miller: Is that what they're supposed to tell your mother, when they send her that another folded American flag?

Ryan: Tell her that when you found me, I was here and I was with the only brothers that I have left. And there is no way I was going to desert[10] them. I think she'll understand that. There's no way I'm leaving this bridge.

瑞恩: 你们远道而来这里就是为了告诉我这事儿?

米勒：　你得回家，我们奉命带你回去。

瑞恩：　带我回去？

米勒：　亨德森下士，那将意味着我们的人手将更加不足，但这是命令，援军什么时候到，有消息吗？

亨德森：长官，无法联络，我们对南边的事一无所知。

瑞恩：　长官，我也是奉命。这命令不包括要我放弃岗位。

米勒：　我明白，但情况有变。

瑞恩：　我不认为情况有变，长官。

米勒：　但美国陆军参谋长说情况有变。

亨德森：长官，给我们的命令就是不惜一切代价守住这座桥。我们 82 飞行中队的战机摧毁了默德莱威蒂上的每一座桥，只留了两座。一座是在福龙，一座就是这个。如果我们让德军占领，就失去了自己的立足点和这里的一半地盘。

米勒：　二等兵，你手下的人想留下来是一回事，可特遣队在这里。

瑞恩：　长官，我至少要等到援军来……

米勒：　给你 3 分钟收拾行装。

瑞恩：　长官，他们呢？我是说这里几乎不，简直不……

士兵：　嘿，笨蛋，为了找到你，我们已经死了两个人，行了吧？

瑞恩：　长官，是吗？

米勒：　没错。

瑞恩：　他们叫什么？

米勒：　欧文·威德和艾德里安·卡帕佐。

瑞恩：　威德和……

士兵：　卡帕佐。

瑞恩：　这么做没道理，这毫无道理，长官。为什么，为什么是我，为什么我应该走？为什么这些人不走？他们和我一样英勇作战。

米勒：　你能想象他们再给你母亲送去一面折叠的国旗时，也这样跟她说吗？

瑞恩：　告诉她你们找到我时，我就在这里，和剩下的兄弟们一起生死与共。我绝不会抛下他们，我想她会理解的，我绝不离开这座桥。

[选自《难以忘怀电影对白 20：拯救大兵瑞恩》场景 1(mp3 + 双语). http://www.en8848.com.cn/kouyu/learnfilm/dianyingduibai/215922.html. 2016－11－20]

【注释】

[1] shorthanded: *adj.* 人手不足的

[2] relieve: *v.* 救济；减轻；解除

[3] abandon: *v.* 放弃;抛弃
[4] foothold: *n.* 立足处;据点;根据地
[5] private: *n.* 士兵;列兵
[6] outfit: *n.* 配备;用具;机构
[7] reinforcement: *n.* 增强;强化物;增援力量
[8] gear: *n.* 装备
[9] asshole: *n.* 讨厌的人
[10] desert: *v.* 遗弃;离弃;放弃

【思考】

对于影片中牺牲多人去拯救二等兵瑞恩一人这样的做法,你怎么看?

十九 A Psalm of Life

—What the Heart of the Young Man Said to the Psalmist[1]

人生礼赞

——年轻人的心对歌者说的话

【导言】

朗费罗(Henry Wadsworth Longfellow, 1807—1882),19世纪美国最伟大的浪漫主义诗人之一。生于缅因州波特兰城一个律师家庭。1822年进入布都因学院,与霍桑是同班同学。毕业后赴欧考察,研究法、西、意、德等国的语言文学。1836年回国,在哈佛大学讲授欧洲文化和浪漫主义,成为新英格兰文化中心剑桥文学界和社交界的重要人物。1839年出版第一部诗集《夜吟》和浪漫主义小说《许珀里翁》,1841年出版《歌谣及其他》,从此确立了他在诗坛的地位。1842年出版组诗《奴役篇》,1845年发表诗集《布吕赫钟楼及其他》。长篇叙事诗《伊凡吉林》(1847)、《海华沙之歌》(1855)和《迈尔斯·斯坦狄什的求婚》(1858)是朗费罗的三部主要诗作,这些作品的发表使他声望日增。1863年发表《路畔旅舍的故事》,1872年出版诗剧"基督三部曲",包括《神圣的悲剧》《金色的传说》和《新英格兰悲剧》。

【诗歌】

Tell me not, in mournful numbers,
"Life is but an empty dream!"
For the soul is dead that slumbers,
And things are not what they seem.
Life is real! Life is earnest!
And the grave is not its goal;
"Dust thou art, to dust returnest,"
Was not spoken of the soul.
Not enjoyment, and not sorrow,
Is our destined end or way;
But to act, that each to-morrow
Finds us further than to-day.
Art is long, and Time is fleeting,
And our hearts, though stout and brave,
Still, like muffled drums, are beating
Funeral marches to the grave.
In the world's broad field of battle,
In the bivouac of Life,
Be not like dumb, driven cattle!
Be a hero in the strife!
Trust no Future, howe'er pleasant!
Let the dead Past bury its dead!
Act,—act in the living Present!
Heart within, and God o'erhead!
Lives of great men all remind us
We can make our lives sublime[2],
And, departing, leave behind us
Footprints on the sands of time;
Footprints, that perhaps another,
Sailing o'er life's solemn main,
A forlorn and shipwrecked brother,

Seeing, shall take heart again.
Let us, then, be up and doing,
With a heart for any fate;
Still achieving, still pursuing
Learn to labor and to wait.

不要用忧伤的调子对我说:
“人生不过是一场幻梦!”
昏睡的灵魂无异于死去,
事物的真相和外表不同。
人生是真切的! 人生是实在的!
它的归宿绝不是荒坟;
“你本是尘土,必归于尘土”,
这是指躯壳,不是指灵魂。
我们命定的目标和道路
不是享乐,也不是受苦;
而是行动,在每个明天
都超越今天,跨出新步。
智艺无穷,时光飞逝;
这颗心,纵然勇敢坚强,
也只如鼙鼓,闷声敲打着,
一下又一下,向坟地送丧。
在这世界辽阔的战场上,
在这人生巨大的营帐中;
莫学那听人驱策的哑畜,
要做一个战斗的英雄!
别指望未来,不管它多迷人!
把已逝的过去永久埋葬!
行动吧——趁着每一个今天!
赤心在胸中,上帝在头上!
伟人的生平昭示我们:
我们能够生活得高尚,
而当告别人世的时候,
留下脚印在时间的沙上;

也许我们有一个兄弟
航行在庄严的人生大海,
遇险沉了船,绝望的时刻,
会看到这脚印而振作起来。
那么,让我们起来行动吧,
对任何命运都敢于担待;
不断地进取,不断地追求,
要学会劳作,学会等待。

(选自马钟元、陈丽敏《每天读点英文 经典英文诗歌全集》,中国宇航出版社 2015 年版)

【注释】

[1] psalmist: *n.* 诗篇作者,赞美诗作者

[2] sublime: *n.* 崇高;顶点
adj. 庄严的;令人崇敬的;极端的;超群的
vt. 使……纯化;使……升华;使……变高尚
vi. 升华;纯化;变高尚

【赏析】

这首《人生礼赞》是朗费罗最著名的代表作,是一首抒情诗。全诗以第一人称发号召,议论、抒情,读起来亲切,给人以鼓舞。诗人用充满激情的笔调,运用比喻手法,如“航程”比喻人的生命历程。激励人们积极面对人生,满怀希望做一名闯将,在生命的航程中,我们不能听从命运的驱使,努力珍惜和把握现在,不要一味空想未来,也不要怀恋过去,而应该行动起来,振奋起来,不断追求,有所作为。

全诗语句铿锵,读起来朗朗上口,给人以一种奋发向上的激励和感染力。

【思考】

这首诗给你的启发有哪些?

二十 Don't Cry for Me Argentina
阿根廷,别为我哭泣

【导言】

Evita是阿根廷前总统贝隆的夫人,她出身贫寒,做过舞女和影视演员,成为贝隆夫人后,为阿根廷的社会、劳工、医疗等方面均做出了卓越的贡献,逝世时年仅33岁。贝隆夫人的传奇经历一向是剧作家非常感兴趣的题材。1976年,韦伯首先推出了由朱丽叶·科文顿(Julie Covington)演唱的单曲《阿根廷别为我哭泣》(Don't Cry for Me Argentina)。随着这首歌的轰动,由寇姆·韦尔金森加盟的唱片随即发行,而且不出意料地广受欢迎。1978年,在万千音乐剧迷的企盼下,讲述贝隆夫人传奇人生的音乐剧《贝隆夫人》在伦敦爱德华王子剧院正式上演。次年9月,它又登上了百老汇的舞台,拉开了英国音乐剧攻陷百老汇的序幕。

【歌曲】

It won't be easy, you'll think it strange
When I try to explain how I feel
That I still need your love after all that I've done
You won't believe me
All you will see is a girl you once knew
Although she's dressed up to the nines
At sixes and sevens[1] with you
I had to let it happen, I had to change
Couldn't stay all my life down at heel
Looking out of the window, staying out of the sun
So I chose freedom
Running around, trying everything new
But nothing impressed me at all
I never expected it to
Don't cry for me Argentina
The truth is I never left you
All through my wild days
My mad existence

I kept my promise
Don't keep your distance
And as for fortune, and as for fame
I never invited them in
Though it seemed to the world they were all I desired
They are illusions
They are not the solutions they promised to be
The answer was here all the time
I love you and hope you love me
(*Repeat*)
Have I said too much?
There's nothing more I can think of to say to you
But all you have to do is look at me to know
That every word is true

那并不容易,你甚至会觉得奇怪
当我试着解释我的感受
在我做了这一切之后
我仍然需要你的爱
你不会相信我
你将看见的是个你曾经认识的女孩
虽然她打扮无可挑剔
却与你格格不入
我不得不这样做
我得做些改变
不能让我一生穷困潦倒,望着窗外
始终照不到太阳
因此我选择了自由
四处奔波,尝试每一件新鲜的事
但没有什么能让我留下深刻的印象
我从未如此期待过
阿根廷,别为我哭泣
事实上我从未离开过你
在我狂妄的岁月里和我疯狂的作为

我依然信守诺言
不要远离我
不管是名与利
我不曾有所求
尽管对全世界来说它们正是我所追求的
它们都是幻象
它们不能如承诺的那般解决一切
答案一直都摆在眼前
我爱你,也期望你爱我
(重复)
我说得太多了吗
我已经想不出什么话来
对你说但你所需要做的就是看着我
明白我说的每个字都是真的

(选自李音等《经典英文歌曲命令》,中国宇航出版社2013年版)

【注释】

[1] at sixes and sevens: 乱七八糟,凌乱

【思考】

你能给大家讲讲贝隆夫人的故事吗?

二十一 Erin Brockovich
永不妥协

【导言】

《永不妥协》是2000年上映的一部美国电影,由史蒂文·索德伯格执导,朱莉娅·罗伯茨、阿尔伯特·芬尼、艾伦·艾克哈特等主演。该电影改编自真实事件,描述了一个没有法律背景的单身母亲,历尽艰辛,以永不妥协的勇气和毅力打赢了美国有史以来最大的一宗民事赔偿案的故事。

【台词】

场景介绍：单身母亲爱琳一个人抚养着三个孩子，安静的夜晚，忽然门外传来一阵吵闹的摩托声，孩子们无法休息，爱琳愤然开门，走向摩托车手，第一次见到了乔治。

出场人物：Erin Brockovich（爱琳 · 布洛克维克），George（乔治）

Erin: Hey!

George: Hello.

Erin: What are you doing making all that goddamn[1] noise?

George: Well, uh, I don't know. We're just introducing ourselves to the neighbors, I guess.

Erin: Well, I'm the neighbors. There we're introduced, so shut the fuck up.

George: Oh, hey, hey, well, hold on[2] there. Let's start over, OK? My name's George. What's yours?

Erin: Just think of me as the person next door, who likes it quiet.

George: Hey, come on, don't be like that. Look, we live next door to each other. And I feel bad, I feel terrible. I'm sorry, will you accept my apology? I mean, we're living right next door to each other if you need a cup of sugar or some cream ...

Erin: I don't need sugar.

George: You don't need any sugar, well, why don't I take you out to dinner to apologize for my rudeness[3], Huh? You give me your number. I mean I already got your address so you can't get away, huh? And I'll call you up proper and I'll ask you out and everything.

Erin: You want my number.

George: I do, I do want your number.

Erin: Which number do you want? George?

George: George, now I like the way you say that "George". Well, how many numbers you got?

Erin: Oh, I got numbers coming out of my ears, for instance[4] ten.

George: Ten?

Erin: Yeah, that's how many months old my baby girl is.

George: You have a little girl?

Erin: Yeah. Yeah, sexy, huh? How about this for a number six, that's how old my other daughter is, eight is the age of my son, two is how many times I've been married and divorced[5], 16 is the number of dollars I have in my bank account. 8503943, that's my phone number and with all the numbers I gave you I'm guessing zero is the number of times you're gonna call it.

George: Hey, how the hell do you remember your bank balance right off the top of your head[6] like that? That impresses[7] me. You're dead wrong about that zero calling...

爱琳: 嘿!

乔治: 你好。

爱琳: 你在干什么? 吵死人了。

乔治: 噢,啊,我不太清楚,我想我们还是向邻居介绍一下自己吧。

爱琳: 噢,我就是邻居。我们介绍完了,现在闭上你的鸟嘴。

乔治: 噢,对了,哦,等等。我们重新开始好吗? 我叫乔治,你叫什么名字?

爱琳: 噢,把我当作住在你隔壁,喜欢安静的人就行了。

乔治: 噢,别,别那么气鼓鼓的。你看,我们俩就住在隔壁。我很抱歉,觉得很糟糕。对不起,你接受我的道歉吗? 我是说,我们住在隔壁,如果你需要一杯糖或奶油什么的……

爱琳: 我不需要糖。

乔治: 你不需要糖,哦,我为什么不带你出去吃顿饭,为我的粗鲁向你道歉,啊? 你给我电话号码,我是说我已经知道了你的住址,你走不掉了,呃? 我会在适当的时候打电话叫你起床,请你出去,等等,等等。

爱琳: 你要我的号码。

乔治: 对,我要你的号码。

爱琳: 要哪个号码,乔治?

乔治: 乔治,我喜欢你这样叫我,乔治。你有几个号码?

爱琳: 比方说有个号码从我耳朵里钻了出来,是十。

乔治: 十?

爱琳: 对,这是我小女儿几个月大的数字。

乔治: 你有个小女儿。

爱琳： 对。很性感是吗？六这个数字怎么样，这是我另外一个女儿的岁数，八是我儿子的岁数，二是我结婚、离婚的次数，十六是我银行存折上美元的数字。8503943，这是我的电话号码，我给你了这么多号码，我猜你会打电话过来的次数是零。

乔治： 嘿，你怎么会即兴想起你的存款数目的？让我印象深刻。但你说的零次数电话绝对错误……

（选自看英语电影做口语模仿训练：《永不妥协》Meeting New Neighborhood. http://www.en8848.com.cn/kouyu/learnfilm/dykymf/192113.html. 2016－11－20. 有改动）

【注释】

[1] goddamn：*adj.* 该死的
[2] hold on：坚持；等待，等一下
[3] rudeness：*n.* 粗野，无礼
[4] for instance：例如，比方说
[5] divorce：*vt.* 离婚
[6] off the top of one's head：随兴所发；即席
[7] impress：*vt.* 使有印象

【思考】

根据对话来看，你觉得女主角爱琳是一个怎样性格的人？

二十二　Ode to the West Wind　西风颂

【导言】

波西·比希·雪莱（Percy Bysshe Shelley, 1792—1822），英国浪漫主义诗人，被认为是历史上最出色的英语诗人之一。生于英国萨塞克斯郡。1816 年前往瑞士，与拜伦结为好友。1822 年与友人驾帆船出海，遇暴风，舟沉身亡。作品包括长诗《仙后麦布》《阿多尼斯》等。

【诗歌】

1

O wild West Wind, thou[1] breath of Autumn's being
Thou, from whose unseen presence the leaves dead
Are driven, like ghosts from an enchanter[2] fleeing,
Yellow, and black, and pale, and hectic red,
Pestilence-stricken[3] multitudes: O thou
Who chariotest to their dark wintry bed

The winged seeds, where they lie cold and low,
Each like a corpse within its grave, until
Thine azure sister of the Spring shall blow

Her clarion o'er the dreaming earth, and fill
(Driving sweet buds like flocks to feed in air)
With living hues and odors plain and hill:

Wild Spirit, which art moving everywhere;
Destroyer and preserver; hear, O hear!

2

Thou on whose stream, 'mid the steep sky's commotion[4],
Loose clouds like Earth's decaying leaves are shed,
Shook from the tangled boughs of Heaven and Ocean,

Angels of rain and lightning: there are spread
On the blue surface of thine aery surge,
Like the bright hair uplifted from the head

Of some fierce Maenad, even from the dim verge
Of the horizon to the Zenith's height,

The locks of the approaching storm. Thou Dirge

Of the dying year, to which this closing night
Will be the dome of a vast sepulchre[5],
Vaulted with all thy congregated might

Of vapours, from whose solid atmosphere
Black rain, and fire, and hail will burst: O hear!

3

Thou who didst waken from his summer dreams
The blue Mediterranean, where he lay,
Lulled by the coil of his crystalline streams,

Beside a pumice isle in Baiae's bay,
And saw in sleep old palaces and towers
Quivering within the eave's intenser day,

All overgrown with azure moss and flowers
So sweet, the sense faints picturing them! Thou
For whose path the Atlantic's level powers

Cleave themselves into chasms, while far below
The sea-blooms and the oozy woods which wear
The sapless foliage of the ocean, know

Thy voice, and suddenly grow gray with fear,
And tremble and esepoil themselves: O hear!

4

If I were a dead leaf thou mightest bear;
If I were a swift cloud to fly with thee:
A wave to pant beneath thy power, and share

The impulse of thy strength, only less free
Than thou, O Uncontrollable! If even
I were as im my boyhood, and could be

The comrade of thy wanderigs over Heaven,
As then, when to outstrip thy skiey speed
Scarce seemed a vision; I would ne'er have striven

As thus with thee in prayer in my sore need.
Oh, lift me as a wave, a leaf, a cloud!
I fall upon the thorns of life! I bleed!

A heavy weight of hours has chained and bowed
One too like thee: tameless, and swift, and proud.

5

Make me thy lyre, even as the forest is:
What if my leavers are falling like its own!
The tumult of thy mighty harmonies

Will take from both a deep, autumnal tone,
Sweet though in sadness. Be thou, Spirit fierce,
My spirit! Be thou me, impetuous one!

Drive my dead thoughts over the universe
Like withered leaves to quicken a new birth!
And, by the incantation of this verse,

Scatter, is from an unextinguished hearth
Ashes and sparks, my words among mankind!
Be through my lips to unawakened Earth

The trumpet of a prophecy! O Wind,
If Winter comes, can Spring be far behind?

1

呵,狂野的西风,你把秋气猛吹,
不露脸便将落叶一扫而空,
犹如法师赶走了群鬼,
赶走那黄绿红黑紫的一群
那些染上了瘟疫的魔怪——
呵,你让种子长翅腾空,
又落在冰冷的土壤里深埋,
像尸体躺在坟墓,但一朝
你那青色的东风妹妹回来,
为沉睡的大地吹响银号
驱使羊群般的蓓蕾把大气猛喝,
就吹出遍野嫩色,处处香飘。
狂野的精灵!你吹遍了大地山河,
破坏者,保护者,听吧——听我的歌!

2

你激荡长空,乱云飞坠
如落叶;你摇撼天和海,
不许它们像老树缠在一堆;
你把雨和电赶了下来,
只见蓝空上你驰骋之处
忽有万丈金发披开,
像是酒神的女祭司勃然大怒,
愣把她的长发遮住了半个天,
将暴风雨的来临宣布。
你唱着挽歌送别残年,
今夜这天空宛如圆形的大墓,
罩住了混浊的云雾一片,
却挡不住电火和冰雹的突破,
更有黑雨倾盆而下!呵,听我的歌!

3

你惊扰了地中海的夏日梦,

它在清澈的碧水里静躺，
听着波浪的催眠曲，睡意正浓，
朦胧里它看见南国港外石岛旁，
烈日下古老的宫殿和楼台
把影子投在海水里晃荡，
它们的墙上长满了花朵和苔藓，
那香气光想想也叫人醉倒！
你的来临叫大西洋也惊骇，
它们把海水劈成两半，为你开道，
海底下有琼枝玉树安卧，
尽管深潜万丈，一听你的怒号
就闻声而变色，只见一个个
战栗——呵，听我的歌！

4

如果我能是一片落叶随便你飘腾，
如果我能是一朵流云伴你飞行，
或是一个浪头在你的威力下翻滚，
如果我能有你的锐势和冲劲，
即使比不上你那不羁的奔放，
但只要能拾回我当年的童心，
我就能陪着你遨游天上，
那时候追上你未必是梦呓，
又何至沦落到这等颓丧，
祈求你来救我之急！
呵，卷走我吧，像卷落叶、波浪、流云！
我跌在人生的刺树上，我血流遍体！
岁月沉重如铁链，压着的灵魂
原本同你一样：高傲，飘逸，不驯。

5

让我做你的竖琴吧，就是森林一般，
纵然我们都落叶纷纷，又有何妨！
我们身上的秋色斑斓，

好给你那狂飙曲添上深沉的回响,
甜美而带苍凉。给我你迅猛的劲头!
豪迈的精灵,化成我吧,借你的锋芒,
把我的腐朽思想扫出宇宙,
扫走了枯叶把新生来激发;
凭着我这诗韵做符咒,
犹如从未灭的炉头吹出火花,
把我的话散布在人群之中!
对那沉睡的大地,拿我的嘴当喇叭,
吹响一个预言!呵,西风,
冬天已到,春天还会远吗?

(选自马钟元、陈丽敏《每天读点英文 经典英文诗歌全集》,中国宇航出版社2015年版)

【注释】

[1] thou: *pron.* (古英语)你;尔,汝
[2] enchanter: *n.* 巫师,行妖术的人;魔法师
[3] pestilence-stricken: 众多的
[4] commotion: *n.* 骚动;暴乱
[5] sepulchre: *n.* 坟墓
vt. 埋葬;以……为坟墓

【赏析】

这首《西风颂》全诗五节,每节的韵脚安排是: aba,bcb,cdc,ded,ee。其中的名句,"If Winter comes, can Spring be far behind?"最广为流传。1819年一个秋日的午后,诗人雪莱在意大利佛罗伦萨近郊的树林里漫步。突然狂风大作,乌云翻滚,到了傍晚,暴风雨夹带着冰雹倾盆而下,荡涤着大地,震撼着人间。大自然威武雄壮的交响乐,触发了诗人的灵感,他奋笔疾书,谱写了不朽的抒情短诗《西风颂》。

诗中的西风、残叶、种子、流云、暴雨、雷电、大海波涛、海底花树等,都不是象征性的东西,它们包含着深刻的寓意,大自然风云激荡的动人景色,乃是人间蓬勃发展的革命斗争的象征性反映。从这个意义上说,《西风颂》不是风景诗,而是政治抒情诗,它虽然没有一句直接描写革命,但整首诗都是在反映革命。尤其是结尾,脍炙人口,既概括了自然现象,也深刻地揭示了人类社会的历史规律,指出了革命斗争必得经过艰难曲折走向胜利的光明前景,寓意深远,余味无穷,一百多年来成为人们广泛传诵的名言警句。

【思考】

你能默写出“冬天已到,春天还会远吗?”这个名句的英语表达方式吗?

二十三 Shape of My Heart[1]

心的形状

【导言】

“Shape of My Heart”是英国老牌摇滚歌手 Sting 的经典作品,被收录在其专辑《十个传奇》中。同时此曲还是 1994 年电影《这个杀手不太冷》(*Leon*)中的片尾曲。此曲将纸牌中的四种花色分别对应成权力(梅花)、金钱(方片)、武力(黑桃)、心(红桃)。“heart”一语双关,反映了杀手孤独的内心。Sting 低沉略带沙哑的声音,将此曲演绎得天衣无缝。

【歌曲】

He deals the cards as a meditation
And those he plays never suspect
He doesn't play for the money he wins
He doesn't play for respect
He deals the cards to find the answer
The sacred geometry of chance
The hidden law of probable outcome
The numbers lead a dance
I know that the spades are the swords of a soldier
I know that the clubs are weapons of war
I know that diamonds mean money for this art
But that's not the shape of my heart
He may play the jack of diamonds
He may lay the queen of spades
He may conceal a king in his hand
While the memory of it fades

I know that the spades are the swords of a soldier
I know that the clubs are weapons of war
I know that diamonds mean money for this art
But that's not the shape of my heart
That's not the shape of my heart
And if I told you that I loved you
You'd maybe think there's something wrong
I'm not a man of too many faces
The mask I wear is one
Those who speak know nothing
And find out to their cost
Like those who curse their luck in too many places
And those who fear lost
I know that the spades are the swords of a soldier
I know that the clubs are weapons of war
I know that diamonds mean money for this art
But that's not the shape of my heart
That's not the shape, the shape of my heart

他玩纸牌时似乎在冥想
他的对手从来没有怀疑过这点
他玩牌并非为了赢得金钱
也不是为了得到人们的尊重
他在牌局中寻觅答案
寻觅神秘的几何概率
那可能的结果中隐藏的法则
牌局中数字决定了一切
我明白黑桃如士兵手握的利剑
梅花似战场轰鸣的炮枪
我知道那些方块意味着财富
但那皆非我心之形
他可能会出方块 J
又或许他会下注黑桃 Q
也可能手里藏了一张 K

然而同局者终将遗忘这张牌
我明白黑桃如士兵手握的利剑
梅花似战场轰鸣的炮枪
我知道那些方块意味着财富
但那皆非我心之形
那皆非我心之形
如果我对你说我爱你
你会有些许困惑
我并不是善变的人
我的面具始终如一
多言的牌手一无所知(那些多言而无知的人们啊)
斤斤计较眼前得失(他们一定会为此付出代价)
就像那些到处诅咒命运的人
和那些害怕失去一切的人
我明白黑桃如士兵手握的利剑
梅花似战场轰鸣的炮枪
我知道那些方块意味着财富
但那皆非我心之形
那皆非我心之形,我心之形

(选自李音等《经典英文歌曲命令》,中国宇航出版社2013年版)

【注释】

1. 在这里双重使用"heart",heart既有"心"的意思,也有"红桃"的意思。一词双关,歌词写得何其精彩!

2. meditation: *n.* 冥想;沉思;默想;默念

【思考】

扑克牌里的"红桃""方块""黑桃""梅花"用英语怎么表达?

二十四　13 Going On 30
女孩梦三十

【导言】

《女孩梦三十》是由哥伦比亚影片公司发行的美国电影,由盖瑞·温尼克执导,于2004年4月23日上映。该片主要情节:13岁的珍娜充满对成人世界的憧憬,在她13岁的生日派对上,她的朋友们羞辱了她,于是她许下一个愿望,愿以生命里的任何东西去换取自己立刻长大成人。想不到第二天当珍娜从壁橱里走出来时,她已长成了30岁的大姑娘,并且有了体面的工作和优厚的收入。新生活深深吸引了珍娜,她迷上了这一切,只是感到似乎缺少了什么。珍娜发现她缺少的是马特,13岁时爱慕的邻家男孩。她想办法找到了马特,但马特此时将要和别的女人结婚。珍娜感到一阵失望,她终于明白很多事情是无法完美的,现在她最想做的就是回到自己的13岁,找回那场美妙青涩的初恋。

【台词】

场景介绍:珍娜希望马特不要与别人结婚,但马特表示他们已无法让时光倒流。

出场人物:Jenna(珍娜),Matt(马特)

Jenna: I don't know what Lucy said to you about me but I want you to know that whoever that was she was talking about wasn't me.

Matt: It doesn't matter what Lucy said, I stopped trusting her after she stole my Pop Rocks in the third grade.

Jenna: Matt, I am not the awful[1] person that I know that I was. I don't even know that person. And I'd like to believe, I have to believe that if you knew that, if in your heart, you really, really knew that, you wouldn't be getting ready to marry someone now, unless that someone were me.

Matt: Jenna, I'm not gonna lie to you. I have felt things these past few weeks that I didn't know I could feel anymore. But I have realized in these past few days you can't just turn back time.

Jenna: Why not?

Matt: I moved on. You moved on. We've gone down different paths for so long. We made choices. I chose Wendy. That's her family down there. We care about each other, you knew. You don't always get the dream house, but you get awfully close. Please don't cry, Jenna.

Jenna: Oh, I'll be fine, I promise. (Matt takes the dream house down from the closet[2].) Matt, can I have it? Please?

Matt: You're not gonna whip[3] it at me?

Jenna: No. Look, I won't have you late. Just go. Go on. I'm fine. I'm just crying because I'm happy. I want you to be so, so happy. Love you, Matt. You are my best friend.

Matt: Jenna. I, I've always loved you.

珍娜：我不知道露西跟你说了我什么，但我想让你知道，无论她说的是谁，都不是我。

马特：露西说了什么都无关紧要，她三年级偷了我的流行摇滚唱片后，我就不再信任她了。

珍娜：马特，我并不是原来那种可怕的人，我甚至不认识那个人。我愿意相信，我不得不相信，如果你知道，如果在你心中，你确确实实知道，那你现在就不准备去娶别人了，除非新娘是我。

马特：珍娜，我不想对你撒谎。我在过去这几个星期里已经感觉到了，我原以为自己不会再有这种感觉了呢。但我在过去这几天里，我也意识到你根本无法让时光倒流。

珍娜：为什么不能？

马特：我向前走，你也向前走，我们已经分道扬镳了很久。我们已经做出了选择，我选择了温迪，她的家人就在楼下。你知道我们相互关心吗？你并不总是拥有梦幻小屋，但你非常接近。请别哭，珍娜。

珍娜：噢，我没事儿，我保证。（马特从壁橱上取下梦幻小屋。）马特，能给我吗？求你了！

马特：你不会用它抽打我吧？

珍娜：不会，听着，我不会耽误你。请走吧，走吧，我没事儿。我只是喜极而泣。我想让你也开开心心，我爱你，马特。你是我最好的朋友。

马特：珍娜，我，我永远爱你。

[选自《难以忘怀电影对白27：今年十三，明年三十》场景1(mp3+双语). http://www.en8848.com.cn/kouyu/learnfilm/dianyingduibai/216168.html. 2016-11-20]

【注释】

[1] awful: *adj.* 糟糕的;可怕的
[2] closet: *n.* 壁橱;衣帽间
[3] whip: *v.* 抽打

【思考】

如果时光可以倒流,让你回到小时候,你想返回到几岁? 为什么?

二十五 Shall I Compare Thee to a Summer's Day (XⅧ)
你的长夏永不会凋落(第十八首)

【导言】

威廉·莎士比亚(William Shakespeare, 1564—1616),英国文艺复兴时期最伟大的剧作家及杰出的诗人。这首诗是十四行诗中的第18首,是莎士比亚十四行诗中最广为传诵的一首。大多数读者认为这是一首爱情诗,主题是赞美爱人不朽的美貌,也有人认为,这首诗既非爱情诗,亦非赞美爱人的美貌,这首貌似爱情诗的诗赞美的是诗歌使事物永恒的功能。

【诗歌】

Shall I compare thee[1] to a summer's day?

Thou art more lovely and more temperate:
Rough winds do shake the darling buds of May,
And summer's lease hath[2] all too short a date:
Sometime too hot the eye of heaven shines,
And often is his gold complexion dimm'd;
And every fair from fair sometime declines,
By chance or nature's changing course untrimm'd;
But thy eternal summer shall not fade
Nor lose possession of that fair thou ow'st[3];
Nor shall Death brag thou wander'st[3] in his shade,
When in eternal lines to time thou grow'st[3]:
So long as men can breathe, or eyes can see,
So long lives this, and this gives life to thee.

我怎么能够把你来比作夏天?
你不独比他可爱也比他温婉;
狂风把五月宠爱的嫩蕊作践,
夏天出赁的期限又未免太短;
天上的眼睛有时照得很酷烈,
他那炳耀的金颜又常遭掩蔽;
给机缘或无常的天道所摧折,
没有芳艳不终于凋残或销毁。
但你的长夏将永远不会凋落,
也不会损失你这皎洁的红芳;
或死神夸口你在他影里漂泊,
当你在不朽的诗里与时同长。
只要一天有人类,或人有眼睛,
这诗将长存,并且赐给你生命。

(选自李伟昉《莎士比亚诗歌精选评析》,河南大学出版社 2006 年版)

【注释】

[1] thee: *pron.* 你(古英语 thou 的宾格)
[2] hath: 即 has, 有(have 的第三人称单数现在式)
[3] ow'st/wander'st /grow'st: 古英语中第二人称单数的谓语加 st 或 est

【赏析】

本诗在前11行中把“你”和夏季以及夏季的物象进行对比，极言“你”的优和好，同时赞美“你”的美貌的永恒，看起来真像是一个人在对恋人表达无限深情的爱慕：“你”不像狂风那样粗野，不像太阳那样过于炙热，或时阴时晴。“你”比夏季更可爱更温婉，也更长久；“你”的美貌超越了天地一切的大美，脱离了死神的掌控，甚至超越了时间而至永恒。这是何等高的赞美！而除了爱情之外，怎么还会有其他感情能让一个人对另外一个人如此之赞美？但是，这些貌似爱恋的内容，没有一处暗示或指出“你”是人（不论男女），也没有一处直接形容对方的容貌。因此，“你”可以指人，也可以不是指人（也许就是美的化身）。诗中的爱恋也可以不仅仅指人间的男女爱情。该诗结尾三行是全诗的总结，极言诗歌在保持“你”的美的永恒上的重要性，实际上是转而突出了诗歌使“你”（甚至万物）不朽的作用，而不是顺接前面的内容来颂扬“你”的美及其永恒性。

【思考】

你还知道哪些莎士比亚的经典诗歌？

二十六 Complicated

复 杂

【导言】

“Complicated”是加拿大唱作女歌手艾薇儿·拉维尼演唱的一首流行歌曲，曾分别在爱尔兰、澳大利亚、奥地利、法国、新西兰这五个国家的音乐排行榜名列冠军，并于2002年8月3日在美国公告牌百强单曲榜拿下第2名，成为艾薇儿·拉维尼首支打入该榜前五名之内的单曲。“Complicated”是一首朗朗上口的吉他弹奏歌曲，歌词内容描写的是一个“虚伪”的人。艾薇儿在歌曲中的歌声稚嫩、可爱，唱出了她早期的摇滚乐风格。歌曲简谱主要由F大调构成，节奏点分明，旋律简单。艾薇儿用调侃的语调，唱出了对生活和人际关系的感慨，听完后会有一点无奈、一些感悟。

【歌曲】

Uh huh Life's like this
Uh huh, uh huh that's the way it is
'Cause life's like this

Uh huh, uh huh that's the way it is
Chill out, what you yellin' for?
Lay back, it's all been done before
And if you could only let it be
You will see
I like you the way you are
When we're drivin' in your car
And you're talkin' to me one on one
But you become
Somebody else
Round everyone else
Your watchin' your back
Like you can't relax
You tryin' to be cool
You look like a fool to me
Tell me
Why the hell you have to go and make things so complicated?
I see the way you're actin' like you're somebody else
Gets me frustrated
Life's like this you
You fall and you crawl and you break
And you take what you get, and you turn it into
Honestly, you promised me
I'm never gonna find you fake it
No no no
You come over unannounced
Dressed up like you're somethin' else
Where you are ain't where it's at you see
You're makin' me
Laugh out, when you strike a pose
Take off, all your preppy clothes
You know, you're not foolin' anyone
When you become
Somebody else

Round everyone else
Your watchin' your back
Like you can't relax
You tryin' to be cool
You look like a fool to me
Tell me
Why the hell you have to go and make things so complicated?
I see the way you're actin' like you're somebody else
Gets me frustrated
Life's like this you
You fall and you crawl and you break
And you take what you get, and you turn it into
Honestly, you promised me
I'm never gonna find you fake it
No no no
(*Repeat*)

嗯,嗯,是啊,生活就是这样
嗯,嗯,事情就是这样
因为这就是生活
嗯,嗯,事情就是这样
冷静点,你想尖叫吗
回想过去,都做过什么事
如果你能让它实现
你会看到
我喜欢你的方式
当我们坐在你的车里的时候
你与我一对一的对话
但是你已经变了
同其他人没有什么区别
目视你的背影
仿佛你无法放松
试着装酷
你看起来就像个白痴

告诉我
为什么你要把事情搞得这么复杂?
我能看出你在伪装
你现在的样子让我感到失望
你的生活就是这样
尽管你会跌倒,会挣扎,会崩溃
但你已经得到了你想得到的
你答应过我
说我永远都不会看到你的虚伪
不,不,不
你悄然而至
打扮得像另外一个人
你就像一个小丑
令我大笑不止
脱掉你那身怪衣服
你懂的,你骗不了任何人
但是你已经变了
同其他人没有什么区别
目视你的背影
仿佛你无法放松
试着装酷
你看起来就像个白痴
告诉我
为什么你要把事情搞得这么复杂?
我能看出你在伪装
你现在的样子让我感到失望
你的生活就是这样
尽管你会跌倒,会挣扎,会崩溃
但你已经得到了你想得到的
你答应过我
说我永远都不会看到你的虚伪
不,不,不
(重复)

(选自李音等《经典英文歌曲命令》,中国宇航出版社 2013 年版)

【思考】

请找出歌词里口语化的表达，并尝试将它转化为正式文体。

二十七　Good Will Hunting
心灵捕手

【导言】

《心灵捕手》是一部美国励志剧情电影，于1997年12月2日首映。影片由格斯·范·桑特执导，罗宾·威廉姆斯、马特·达蒙等主演。影片讲述了麻省理工学院一个名叫威尔(Will Hunting)的清洁工的故事。威尔在数学方面有着过人天赋，却是个叛逆的问题少年，在教授蓝勃、心理学家肖恩和朋友查奇的帮助下，威尔最终打开心扉，走出孤独的阴影，消除了人际隔阂，并找回了自我和爱情。

【台词】

场景介绍：肖恩和威尔探讨"孤独"和"心灵挚友"话题。

出场人物：Sean(肖恩)，Will(威尔)

Sean: You feel like you're alone, Will?

Will: What?

Sean: Do you have a soul mate?

Will: Define that.

Sean: Somebody who challenges you.

Will: Chuckie.

Sean: You know Chuckie is a family. He'd lie down in fucking traffic for you. I'm talking about someone who opens up things for you, touches your soul.

Will: I got. I got.

Sean: Who?

Will: I got plenty.

Sean: Oh, name them.

Will: Shakespeare, Nietzsche, Frost, O'Connor, Kant, Pope, Locke...

Sean: That's great. They're all dead.

Will: Not to me. They are not.

Sean: You don't have a lot of dialogue with them. You can't give back to them. Will.

Will: Not without some serious smelling salts and a heater.

Sean: Yeah, that's sort of what I'm saying. You'll never have that kind of relationship in the world. You always afraid to take the first step because all you see is every negative[1] thing 10 miles down the road.

Will: You're gonna take the professor's side on this?

Sean: Don't give me your line of shit. No.

Will: I didn't want the job.

Sean: It's not about the job. I don't care if you work for the government. But you can do anything you want. You are bound[2] by nothing. What are you passionate[3] about? What do you want? I mean the guys who work their entire life on bricks so their kids have the chance, the opportunities you have here.

Will: I didn't ask for this.

Sean: No, you were born with it. So don't cop out[4] behind "I didn't ask for this".

Will: You mean "cop out", mean, what's you wrong with laying brick?

Sean: Nothing.

Will: There's nothing wrong! That's somebody's home I'm building.

Sean: Right. My dad laid brick, okay? So I can have an education.

Will: Exactly. That's an honorable profession. What's wrong with—with fixing somebody's car? Somebody can get to work next day because of me. There's honor in that.

Sean: Yeah, there's honor—there's honor in that. There's honor. You know, taking that 40-minute train ride so those college kids can come in the morning and their floors will be clean and their waste baskets will be empty. That's real work.

Will: That's right.

Sean: Right. And that's honorable. I'm sure that's why you took that job. I mean, for the honor of it. I just have a little question here. You could be a janitor[5] anywhere. Why did you work in the most prestigious[6] technical college in the whole fucking world? And why did you sneak around at night and finish other people's formula[7] so that only 1 or 2 people in the world can do and then lie about it? Because I don't see a lot honor in that, Will. So what do you really want to do?

Will: I want to be a shepherd[8].

肖恩：威尔，你觉得孤独吗？

威尔：什么？

肖恩：你有心灵挚友吗？

威尔：什么叫"心灵挚友"？

肖恩：能激励你的人。

威尔：查奇。

肖恩：不是，查奇就像你的亲人，他可以为了你而死。我指的是启发你、触动你灵魂的人。

威尔：我有，有。

肖恩：谁？

威尔：很多。

肖恩：列举一些。

威尔：莎士比亚、尼采、弗罗斯特、欧康纳、康德、波普、洛克，这些都是。

肖恩：非常好，但他们已经不在人世了。

威尔：对我来说，他们还活着。

肖恩：你不能和他们交谈，你不能让他们复活。

威尔：就算用些臭盐和加热器也不能让他们起死回生。

肖恩：我说的就是这个意思。现实生活中你和其他人不会有这样的关系。因为你看事物太悲观，所以你总是害怕采取主动。

威尔：你和教授看法一致？

肖恩：别跟我说那些屁话。

威尔：我不想干那个工作。

肖恩：工作没关系。我不在乎你是否为政府工作。你有自由做自己想做的事。但你对什么有激情？你想要什么？有些人做一辈子瓦工，好让他们的子女有像你这样的机会。

威尔：我并没有要求这些。

肖恩：不，这是你的天赋。所以不要拿"我没要求这些"来逃避。

威尔：你说"逃避"是什么意思，当瓦工怎么了？

肖恩：没怎么。

威尔：这没什么不对，因为我工作了，一些人才能有房子住。

肖恩：对。我爸爸就是瓦工，所以我才有机会接受教育。

威尔：没错，这是个光荣的职业。修车有什么不体面？就是因为我的工作，别人第二天才能按时上班工作，这是值得尊敬的工作。

肖恩：是值得尊敬。你知道，早上开四十分钟的车为那些大学生开门，然后拖地板、倒垃圾。这是件崇高的工作。

威尔：没错。

肖恩：对，值得尊敬。我相信这就是你选择这件工作的原因。是为了得到尊敬。我只有一点不明白，你可以随便在任何地方当看门的，为什么你却选择在全世界最负盛名的理工大学工作？为什么晚上偷偷摸摸地出去，完成世界上只有寥寥几人才能写出的公式的答案，而事后你又拒不承认？威尔，从中我可看不出任何值得尊敬的地方。你真正想做什么？

威尔：我想做个牧羊人。

［选自《英美经典电影对白成长篇：心灵捕手》场景25(mp3 + lrc). http://www.en8848.com.cn/kouyu/learnfilm/dianyingduibai/216168.html. 2016－11－20. 有改动］

【注释】

［1］negative：*adj.* 否定的；消极的；负面的

［2］bound：*adj.* 必定的；有义务的；受约束的

［3］passionate：*adj.* 热情的；激情的

［4］cop out：逃避（责任）

［5］janitor：*n.* 门卫；门警；管理员

［6］prestigious：*adj.* 享有声望的；声望很高的

［7］formula：*n.* 公式

［8］shepherd：*n.* 牧羊者

【思考】

对话中威尔说他想做个牧羊人，你对他的这个选择怎样理解？

二十八 The Complaint to His Empty Purse
致空囊

【导言】

杰弗雷·乔叟(Geoffrey Chaucer,1343—1400),英国人文主义文学最早的代表,被尊为"英国文学之父""英诗之父"。他开创了英国文学的现实主义传统,莎士比亚与狄更斯都受过他的影响。乔叟作品的特点是运用幽默和讽刺。他认为"真诚是人所能够保持的最高尚的东西"。他不直接对读者进行说教,而是寓教导于娱乐之中,用幽默和讽刺来替代鞭挞和谴责。

【诗歌】

To you, my purse, and to none other wight
Complain I, for ye be my lady dear!
I am so sorrow, now that ye be light;
For certes, but ye make me heavy cheer,
Me were as leif be laid upon my bier;
For which unto your mercy thus I cry:
Be heavy again, or elles might I die!
Now voucheth safe this day, or it be night,
That I of you the blissful sound may hear,
Or see your colour like the sun bright,
That of yellowness had never a peer.
Ye be my life, ye be my hertes stere,
Queen of comfort and of good company:
Be heavy again, or elles might I die!
Now purse, that be to me my life's light,

And saviour, as down in this world here,
Out of this toune help me through your might,
Since that ye wole not be my treasurer;
For I am shaved as nigh as any frere.
But yet I pray unto your courtesy,
Be heavy again, or elles might I die!
O conqueror of Brute's Albion,
Which that by line and free election,
Be very king, this song to you I send;
And ye, that mighten all our harm amend,
Have mind upon my supplication!

我的钱囊,我要向你单独地苦求,
唯有你才是我心爱的女郎!
你减轻了分量,真叫我发愁;
我愿你转亏为赢,饱满、慈祥,
免得我穷途末路,走向死亡;
因此我要请你宽恩,向你讨饶:
赶紧加重分量,否则我就完了!
求你在今天黑夜未临以前,
让我听到你那幸福之音,
或是见到你的太阳般的容颜,
金黄闪烁,谁也不能同你竞争。
你是我的生命,惟你能驾驭我心,
你是慰藉之母,似应与我友好,
赶紧加重分量,否则我就完了!
钱囊呀,你照耀着我这生命之路,
在人世间唯有你是我的护神,
但是你既不愿为我把守空库,
就请你送我离去这座都城;
我囊空如洗,像个秃头僧人。
我只有真心诚意向你祈祷:
赶紧加重分量,否则我就完了!
哦,大不列颠的征服者,

众望所归的胜利者；
尊敬的帝王，我在此以拙诗恭呈，
陛下，您可以医治所有伤痛，
请垂听我的祈求之声！

[选自赵红、李燕《乔叟和他的〈坎特伯雷故事集〉》，《现代语文(文学研究版)》，2007 年第 6 期]

【注释】

[1] ye：古英语中“你们”的主格，相当于现代英语中的 you

【赏析】

乔叟一生一帆风顺，十几岁便进宫当差，并受宠于两位帝王，但乔叟在庇护者失宠期间，被剥夺了官位和年金，经济拮据。他的作品语言生动，在人物刻画上既注意外貌特征，又注意深刻细腻地展示内心世界。

这首打油诗《致空囊》是乔叟写给刚登基的亨利四世的，申诉自己的贫穷。

【思考】

请找出文中用幽默和讽刺来替代鞭挞和谴责的句子。

二十九 You Raise Me Up[1]

你鼓舞了我

【导言】

励志、感恩歌曲《你鼓舞了我》可谓经久不衰、脍炙人口，至今已被全球 100 多名歌手翻唱过。这首歌曲由神秘园(Secret Garden)创作，具有浓郁的神秘园风格，并在 2002 年的专辑《红月》(*Once in a Red Moon*)中首次发布，由布赖恩·肯尼迪(Brian Kennedy)演唱。歌曲曾占据爱尔兰各大音乐排行榜的位置长达十几周。

【歌曲】

When I am down and oh my soul so weary

When troubles come and my heart burdened be
Then I am still and wait here in the silence
Until you come and sit a while with me
You raise me up so I can stand on mountains
You raise me up to walk on stormy seas
I am strong when I am on your shoulders
You raise me up to more than I can be
You raise me up so I can stand on mountains
You raise me up to walk on stormy seas
I am strong when I am on your shoulders
You raise me up to more than I can be
There is no life
No life without its hunger
Each restless heart beats so imperfectly
But when you come and I am filled with wonder
Sometimes I think I glimpse eternity
You raise me up so I can stand on mountains
You raise me up to walk on stormy seas
I am strong when I am on your shoulders
You raise me up to more than I can be
You raise me up to more than I can be

当我失落的时候，噢，我的灵魂，如此疲惫
当有困难时，我的心背负着重担
然后，我仍然在这里静静等待
直到你也来和我坐一会儿
你鼓舞了我，所以我能站在群山顶端
你鼓舞了我，走过狂风暴雨的海
当我靠在你的肩上，我是坚强的
你鼓舞了我，让我能超越自己
你鼓舞了我，所以我能站在群山顶端
你鼓舞了我，走过狂风暴雨的海
当我靠在你的肩上，我是坚强的
你鼓舞了我，让我能超越自己

没有一个生命——没有生命是没有渴求
每一个不安分的心脏跳动着
但是当你来临的时候,我充满了惊奇
有时候,我觉得我看到了永恒
你鼓舞了我,所以我能站在群山顶端
你鼓舞了我,走过狂风暴雨的海
而且我是坚强的,当我在你的肩膀上
你鼓舞了我,让我能超越自己
你鼓舞了我,让我能超越自己

(选自李音等《经典英文歌曲命令》,中国宇航出版社2013年版)

【注释】

[1] you raise me up:歌中多处重复这句,意欲强调这些鼓励的重要性;歌者唱到此处歌词时更为高亢,表现出语调、音调上的up,以及心灵上的up

【思考】

欣赏完这首歌曲,你有什么样的感受?

三十 Gone with the Wind

乱世佳人

【导言】

《乱世佳人》是根据小说家玛格丽特·米切尔的长篇小说《飘》改编的一部美国电影。由维克多·弗莱明、乔治·库克、山姆·伍德导演,克拉克·盖博、费雯·丽等人主演。影片讲述美国南北战争期间斯嘉丽与瑞德的爱情故事。斯嘉丽一直爱着艾希礼却得不到他,在战争爆发那一天,她遇到了瑞德。两个人历经磨难,瑞德一直对她不离不弃,但直到他最终离开,斯嘉丽才发现自己其实爱的是瑞德。该片于1940年1月17日在美国上映,在世界各地都获得极大的成功。在1940年的奥斯卡奖中,该片获得包括奥斯卡最佳影片奖在内的十项大奖。在1998年美国电影协会评选的20世纪最伟大100部电影中,该片排名第四。

【台词】

场景介绍：斯嘉丽赶回家里告诉瑞德，她是真正爱他的，瑞德却已不再相信她。瑞德决心离开斯嘉丽，返回老家去寻找美好的事物。

出场人物：Scarlett（斯嘉丽），Rhett（瑞德）

Scarlett: Rhett, Rhett, where are you? Rhett, wait for me! Rhett, wait for me! Rhett! Rhett!

Rhett: Come in.

Scarlett: Rhett!

Rhett: Melanie, she's well. God rest her. She was the only completely kind person I ever knew, great lady, a very great lady. Though she's dead, that makes it nice for you, doesn't it?

Scarlett: Oh, how can you say such things, you know how I loved her really.

Rhett: No, I don't know that I do. But at least it's to your credit that you could appreciate[1] her at the end.

Scarlett: Of course I appreciated her. She thought of everybody except herself. Why her last words were about you.

Rhett: What did she say?

Scarlett: She said, be kind to Captain Butler, he loves you so.

Rhett: Did she say anything else?

Scarlett: She said. She asked me to look after Ashley too.

Rhett: It's convenient to have the first wife's permission[2], isn't it?

Scarlcatt: What do you mean? What are you doing?

Rhett: I'm leaving you, my dear. All you need now is a divorce[3] and your dreams of Ashley can come true.

Scarlactt: No! No, you're wrong! Terribly wrong! I don't want a divorce. Oh Rhett, when I knew tonight, when I knew I loved you, I ran home to tell you, oh darling, darling!

Rhett: Please don't go on with this. Leave us some dignity[4] to remember out of our marriage. Spare[5] us this last.

Scarlett: This last? Oh Rhett, do listen to me I must have loved you for years only I was such a stupid fool. I didn't know it. Please believe me. You must care! Melanie said you did!

Rhett: I believe you. But what about Ashley Wilkes?

Scarlett: I... I never really loved Ashley.

Rhett: You certainly gave a good imitation[6] of it up to this morning. Oh, Scarlett, I tried everything. If you'd only met me halfway, even when I came back from London...

斯嘉丽: 瑞德！瑞德！你在哪儿？瑞德，等等我！瑞德，等等我，瑞德！瑞德！

瑞德: 进来。

斯嘉丽: 瑞德。

瑞德: 梅兰妮，她已经……主眷顾她了。她是我见过的唯一一个毫无瑕疵的好人。伟大的女人，一个不平凡的女人。她死了，这对你来说是件好事，是吗？

斯嘉丽: 你怎么能这么说，你知道我是真的喜爱她的。

瑞德: 我真不知道，但至少到最后你都欣赏她了，很了不起呀。

斯嘉丽: 我当然欣赏她。她总是为别人着想，不为自己，她最后留下的话也是关于你的。

瑞德: 她怎么说？

斯嘉丽: 她说，对巴特勒上尉好一点，他这样爱你。

瑞德: 她说别的了吗？

斯嘉丽: 她说了，她说要我照顾艾希礼。

瑞德: 有了前妻的允许，一切都方便多了，是吗？

斯嘉丽: 你什么意思？你在干什么？

瑞德: 我要离开你了，亲爱的。你现在需要的是离婚。你关于艾希礼的梦就要实现了。

斯嘉丽: 不，不，你错了！完全错了！我不要离婚，瑞德，今晚我才知道，才知道我原来是爱你的，我就跑回家来告诉你。噢，亲爱的，亲爱的！

瑞德: 请别这样，给我们的婚姻留一点可以回忆的尊严吧，就在最后的时刻饶了彼此吧。

斯嘉丽: 最后？噢，瑞德。你听我说，我这么久以来一定是一直爱着你，但我很傻，一直都不知道，请相信我。你一定是在乎我的，梅兰妮说你在乎我的。

瑞德: 我相信你，那艾希礼·威尔克斯呢？

斯嘉丽： 我，我从没有真的爱过艾希礼。

瑞德： 至少到今天早上你一直装得很像那么回事。噢，斯嘉丽，我已经尽力了。如果在我从伦敦回来时，你能出来迎接我一下……

[选自难以忘怀电影对白05：乱世佳人 场景1（mp3 + 双语）. http://www.en8848.com.cn/kouyu/learnfilm/dianyingduibai/215644.html. 2016 - 11 - 20. 有删减]

【注释】

[1] appreciate：*vt.* 欣赏；赏识；感激
[2] permission：*n.* 许可；允许；同意
[3] divorce：*n.* 分离；离婚
[4] dignity：*n.* 尊严；高贵；端庄
[5] spare：*v.* 饶恕；赦免
[6] imitation：*n.* 模仿；效法

【思考】

根据对话来看，你觉得瑞德为什么已不再相信斯嘉丽真的爱他？

参考文献

[1] 孙艺秋等. 唐诗鉴赏辞典. 上海:上海辞书出版社,1983.
[2] 雅瑟. 唐诗三百首鉴赏大全集. 北京:新世界出版社,2011.
[3] 上海辞书出版社文学鉴赏辞典编纂中心. 唐诗鉴赏辞典珍藏本(下). 上海:上海辞书出版社,2012.
[4] 郭锐.《酬乐天扬州初逢席上见赠》赏析. 现代家教,1995(05).
[5] 骆玉明. 纵然挫败不失豪爽——谈刘禹锡《酬乐天扬州初逢席上见赠》. 中学生阅读(初中版),2007(06).
[6] 袁由启. 为霞尚满天——《酬乐天扬州初逢席上见赠》赏析. 初中生必读,2005(10).
[7] 乔力. 唐诗名篇的人生哲理. 北京:海潮出版社,2006.
[8] 程千帆等. 唐诗鉴赏辞典. 上海:上海辞书出版社,1983.
[9] 朱熹. 诗经集传. 上海:上海古籍出版社,1987.
[10] 王秀梅(译注). 诗经(上):国风. 北京:中华书局,2015.
[11] 姜亮夫等. 先秦诗鉴赏辞典. 上海:上海辞书出版社,1998.
[12] 王卉.《郑风·子衿》中的女性爱情意识浅析. 中国科技信息,2009(08).
[13] 吴小如等. 汉魏六朝诗鉴赏辞典. 上海:上海辞书出版社,1992.
[14] 余冠英(选注). 三曹诗选(第二版). 北京:人民文学出版社,1979.
[15] 彭定求等. 全唐诗(上). 上海:上海古籍出版社,1986.
[16] 裴斐. 李白诗歌赏析集. 成都:巴蜀书社,1988.
[17] 余恕诚等. 唐诗鉴赏辞典. 上海:上海辞书出版社,1983.
[18] 彭定求等. 全唐诗(上). 上海:上海古籍出版社,1986.
[19] 于海娣等. 唐诗鉴赏大全集. 北京:中国华侨出版社,2010.
[20] 郑庆笃等. 唐诗鉴赏辞典. 上海:上海辞书出版社,1983.
[21] 苏教版高中语文教材编写组. 唐诗宋词选读. 南京:江苏教育出版社,2007.
[22] 霍松林等. 唐宋词鉴赏辞典(南宋·辽·金). 上海:上海辞书出版社,1988.
[23] 辛弃疾. 稼轩词编年笺注. 上海:上海古籍出版社,2007.
[24] 王烈夫. 宋代诗词名作注解析译. 武汉:武汉大学出版社,1994.
[25] 杨忠(译注). 辛弃疾词选译. 成都:巴蜀书社,1991.
[26] 唐圭璋等. 唐宋词鉴赏辞典(南宋·辽·金). 上海:上海辞书出版社,2011.
[27] 杨景龙. 蒋捷词校注. 北京: 中华书局,2010.
[28] 唐圭璋. 唐宋词鉴赏辞典. 上海: 上海辞书出版社,1988.
[29] 江少川. 高等语文. 北京:高等教育出版社,2006.
[30] 龙儒民. 中国诗歌精选. 北京: 线装书局,2010.

［31］陈文新等. 中国文学编年史(现代卷). 长沙:湖南人民出版社,2006.
［32］凡尼. 戴望舒诗作试论. 文学评论,1980(4).
［33］吴珊,邓冬铁. 试析叶芝和他的《当你老了》. 武汉:武汉生物工程学院,2008.
［34］康震. 诗国文苑:古代文学经典选读. 北京:中国人民大学出版社,2008.
［35］陆永品. 庄子通释(修订版). 北京:中国社会科学出版社,2006.
［36］叶金. 庄子研究. 北京:中国文联出版公司,2003.
［37］杨自俭. 英汉语比较与翻译(第7辑). 上海:上海外语教育出版社,2010.
［38］The Official Web Site of the Nobel Prize. nobelprize. org
［39］课程教材研究所. 物理(选修3—5). 北京:人民教育出版社,2010.
［40］艾芙·居里. 居里夫人传. 贾文浩等译. 北京:北京燕山出版社,2012.
［41］巴金同志生平. 新华网,2014-02.
［42］胡适简介. 古诗文网,2015-08.
［43］傅雷生平. 腾讯网,2013-11.
［44］"百年人瑞"苏雪林在瑞安. 瑞安网,2015-07.
［45］常耀信. 美国文学简史. 天津:南开大学出版社,2013.
［46］钱文忠. 钱文忠解读《三字经》. 北京:中国民主法制出版社,2009.
［47］许建业烈士传略. 中国共产党新闻网[2014-07-18].
［48］红岩烈士许晓轩. 中国江苏网[2014-07-18].
［49］高玉蓉等. 英国小说鉴赏. 北京:高等教育出版社,2009.
［50］樊丽芳.《三个火枪手》——法国历史通俗小说典范之作. 比较文学与世界文学,2009(3).
［51］为纪念孙犁诞辰百年　百花文艺出版《孙犁文集》. 腾讯网文化频道.(2013-05-07)[2014-07-07].
［52］肖跃玲. 独特的构思精致的结构——以《羊脂球》为例.《科技信息》,2011(24).
［53］马钟元,陈丽敏. 每天读点英文　经典英文诗歌全集. 北京:中国宇航出版社,2015.
［54］李音等. 经典英文歌曲全集. 北京:中国宇航出版社,2013.
［55］崔喜哲. 全球英文金曲精选300首. 北京:中国水利水电出版社,2012.
［56］Marie White. *Review of the Hottest Songs*. 北京:石油工业出版社,2015.
［57］马钟元. 每天读点英文　经典电影对白全集. 北京:中国宇航出版社,2012.
［58］小e英语. 小e英语学习网 > 英语阅读 > 英语诗歌 > 名家英语诗歌代表作. http://www.en8848.com.cn/read/poems/mjsg/195454.html.(2013-02-26)[2016-11-20].
［59］微看点. we看点 > > 娱乐 > > 正文. http://www.vkandian.cn/article/693539/.(2016-10-20)[2016-11-20].
［60］沪江网. 沪江课堂 > Emilys 999首诗. http://www.hjenglish.com/ketang/6635_p562149/.(2012-03-18)[2016-11-20].

[61] fang 的博客. http://blog. sina. com. cn/s/blog_4e276d2c0102dv1q. html. (2011-10-20)[2016-11-20].

[62] 小e英语. 小e英语学习网 > 英语口语 > 影视口语. http://www. en8848. com. cn/kouyu/learnfilm/. (2015-05-14)[2016-11-20].

[63] VOA 英语网. 首页 > 精彩对白. http://www. tingvoa. com/jingcaiduibai/. (2016-06-06)[2016-11-20].

[64] 免费杂志网. 免费杂志网 > 教育文化 > 疯狂英语. http://www. hao1111. cn/a/fkyy/index. html. (2016-10-20)[2016-11-20].

[65] 百度百科. https://baike. baidu. com/.